杏の甘煮

一膳めし屋丸九㊂

中島久枝

時代小説文庫

角川春樹事務所

目次

杏の甘煮

一膳めし屋丸九《まるきゅう》 三

第一話　なす煮の思惑

一

東の空が明るくなった。太いけやきの木をねぐらにしている雀《すずめ》たちの羽ばたきと鳴き交わす声がうるさいほどだ。

今日も暑くなりそうだと、お高《たか》は厨房《ちゅうぼう》の小さな窓から空を見た。

お高は今年二十九。日本橋北詰《にほんばしきたづめ》ちかくにある一膳《いちぜん》めし屋丸九《まるきゅう》のおかみである。肩にも腰にも少々肉がついたが、きめの細かい白い肌はつややかで、髷《まげ》を結《ゆ》った黒々とした髪は豊かだ。黒目勝ちの大きな瞳はいきいきとして、はりのある声をしている。

丸九は父親の九蔵《きゅうぞう》がはじめた店だ。両国《りょうごく》の英《はなぶさ》という料亭で板長をしていた男で、名板前として客をうならせていたという。その九蔵が英を辞めたのは、ひとつには病に倒れた妻のそばにいてやりたかったためであり、もうひとつは働く男たちのために、うまい飯を食べさせたかったからだという。

お高が二十一のとき、九蔵が亡くなって丸九を引き継ぐことにした。九蔵のもとで仕込まれてきたとはいえ、若く、しかも女のお高のつくる料理を客たちが納得してくれるのか心配だったが、ありがたいことに店は流行《はや》り、毎日、たくさんの客がやって来る。

朝も昼も白飯に汁、焼き魚か煮魚、煮物か和《あ》え物と漬物、それに小さな甘味《かんみ》がつく。甘味はお高が店を引き継いでから加えた。自分が甘いものが好きだったせいもあるが、食後に甘いものを食べるとほっとする。忙しく働く人たちにひと息入れてもらいたいと思ったのだ。

五と十のつく夜は店を開き、酒を出す。もっとも酒の肴《さかな》はごく簡単なものしかない。

へたのとげが刺さるようななすの濃い紫色の身にすぱりとお高が包丁を入れると、真っ白な身が現れた。

「いいなすですねぇ。丸々と太って身がしまっている。煮ても焼いてもおいしい」

お栄《えい》が目を細めた。

そろそろ五十に手が届くという女で、九蔵がいたころから丸九で働いている。ぽたぽたと餅《もち》のような肌をして、細い目に小さな口をしている。その口でときどき厳しいことを言う。

「あたしは天ぷらがいいなぁ。外はかりっとしてさ、中はとろとろなんだ」

十六のお近《ちか》が言った。やせて小さな顔にくりくりした目ばかり目立つ娘で、そばかすがある。父親を早く亡くして、仕立物をしている母親とふたり暮らしだ。

「ああだめだよ。この暑いのに、揚げ物なんて勘弁《かんべん》してほしいねぇ」

お栄が大げさに顔をしかめた。

「じゃあ、なすの煮物は？　ふっくらと煮あげて中はとろとろよ」

お高が言った。そんなわけでなすは田舎煮《いなかに》になった。

こういうときに役に立つのは自家製のそばだしだ。かつお節などのだしに醤油《しょうゆ》とみりんで味をつけてある。切り目を入れてさっと炒《いた》めたなすにそばだしと赤唐辛子《とうがらし》を加えて煮る。ほどよく味がしみたら出来上がり。こっくりと汁がしみたなすは温かいときはもちろんだが、冷やし鉢にしてもおいしい。

魚はぴりりと辛《から》い夏大根のおろしを添えた鯵《あじ》の干物で、ぬか漬けがつく。大釜《おおがま》で炊いた白飯と潮《しお》の香りのするあおさと薄揚げのみそ汁、甘味は寒天《かんてん》に梅の甘露煮《かんろに》を添えたものだ。

厨房はみそ汁の香りが満ちて、三升炊きの大釜の重い蓋《ふた》を持ち上げて湯気とともに白い泡があふれてきた。

店の前には暗いうちに港を出て野菜や米を運んできた船頭や漁師など、ひと仕事を終えた男たちが腹をすかせて待っている。

「お近ちゃん、いいわよ。のれんを上げて」

お高が声をかけると、お近は勢いよく店の戸を開け、のれんを掲《かか》げた。

「お待たせしました。今日はなすの田舎煮と鯵の干物、あおさと薄揚げのみそ汁、ぬか漬け、それに青梅の甘露煮を添えた寒天です」

「おお、今日もうまそうだねぇ」

「早くしてくれ。腹が鳴りっぱなしだよ」

十人も入ればいっぱいの店に男たちが次々と入って来た。

男たちは旺盛《おうせい》な食欲で白くぴかぴか光る飯を平らげていく。ざぶりと汁をかけてまず一杯、少しお腹《なか》が落ち着いたところに干物と煮物でさらにもう一杯。三杯目は煮物の汁をご飯にかけてぬか漬けとともに食べる。そんな豪快な食べ方をする者も少なくない。

朝一番の波が去ると、お高たちの朝餉《あさげ》になる。

あわただしくすませると、お高はもう一度だしをとり、新しいみそ汁を用意する。次にやって来るのは、ひと仕事を終えた仲買人《なかがいにん》や仕入れをすませた板前たちだ。さすがに三杯飯は少なくて、口数少なく、静かに食べてすぐに席を立つ。

この日も昼になると、いつものように惣衛門《そうえもん》、徳兵衛《とくべえ》、お蔦《つた》の三人がやって来た。

惣衛門は見事な銀髪に鼻筋の通った役者顔で、かまぼこ屋の隠居。徳兵衛は狸顔《たぬきがお》で丸っこい体つきの、人の好《よ》さそうな酒屋の隠居だ。お蔦は五十をいくつか過ぎていて端唄《はうた》を教えている。しぐさにも声にもなんとはなしに色香がある。

「おお、今日はなすか。いいねぇ。このね、醤油と砂糖で油がしっかりとしみて、田舎煮らしいところがいいよ。こういう料理が本当にお高ちゃんは上手だ」

徳兵衛がさっそく箸《はし》をつけて顔をほころばす。

「それじゃあ、まるでお高ちゃんが田舎臭いみたいじゃないですか。そんなことはないですよ。お高ちゃんは正真正銘の江戸っ子ですからね。丸九の料理は江戸の味ですよ」

惣衛門がとりなす。

「いやいや、そういう意味じゃないよ。この味つけがいつもの味っていうか……」

徳兵衛は少しあわてた。

「大丈夫だよ。お高さんは徳さんのひと言を気に病むような、やわな人じゃないから」

お蔦は我関せずというように汁に手をのばした。

「はいはい。まったく気にしていませんから」

別のお客に料理を運びながらお高は答えた。

「そうさ、そうだよ。俺とお高ちゃんの仲だもの。煮物もいいけど、今日はこの干物の焼き加減がいいねぇ。家でやってもこんなふうにならないんだよ」

徳兵衛は上機嫌だ。

「そりゃあ、毎日、焼いてますから」

「あなた、毎日焼いているからって、おいしくなるってもんじゃないんですよ。こういうものこそ、目配り、心配り。それがないとね、焼きすぎてぱさぱさしたり、焦《こ》がしたりするんですよ」

惣衛門の言葉にお高は思わず笑顔になる。

――人の体は食べたもんで出来ている。たまに食べるごちそうじゃなくて、毎日食べるおまんまが大事なんだ。

九蔵はそう言った。

いつもの料理を心を込めてつくれと教わった。

「じゃあ、今日もなぞかけといくかね」

徳兵衛が得意のなぞかけを始めた。

「なすとかけて……」

「はい、なすとかけて」

惣衛門が続ける。

「なすとかけて芸人さんととく」

「はい、その心は」

お蔦が合いの手を入れた。

「へたは捨てられます」

お客の間から笑い声が起こった。小さなため息も混じった。

「まるで私たちのことだよ。きびしいなぁ」

お高が目をやると、若い男のふたり連れだ。どうやら双鷗《そうお》画塾《がじゅく》の者たちらしい。

双鷗画塾は林田《はやしだ》双鷗という絵師の私塾で、双鷗は幕府の御用も賜《たまわ》るほどだから、画塾には各地から腕に自信のある者が集まって来る。入塾を許されるのはわずかだが、入ることができても師《し》範《はん》への道はさらに厳しい。五年間の修業を経ても上達の見込みがない者は塾を去る掟《おきて》だ。

「へたは捨てられる」というひと言に、思わずわが身を振り返ったのだろう。

「あ、そういう意味じゃないからさ」

徳兵衛があわてて言った。今日の徳兵衛は失言が多い。

「じゃあ、私がいきましょうか」

画塾の若者が言った。

「なすとかけて、なじみの飲み屋ととく」

「その心は……」

隣の男が続ける。

「つ（漬）けるのがいいでしょう」

「うちは現金払い。つけはなしだよ」

お近がすかさず答えたので、笑いが起こった。

奥の席の男が目を細めてその様子をながめている。

お高はその男のことが気になっていた。

六十に手が届くだろうか。白髪頭で背はさほど高くないが、肉の厚い立派な体つきをしていた。

どこかで会った気がするが、思い出せなかった。

「お栄さん、あの奥のお客さん、知っている人かしら？」

お高がたずねると、お栄も首を傾《かし》げた。

「あたしもさっきから考えていたんですよ。あれは料理人ですよね」

「そうね」

同業者はなんとなく分かるものだ。あの貫禄《かんろく》なら板前といっても大きな店だ。料亭かもしれない。そんな男がなぜ、丸九に来たのだろう。

お高は不思議な気がした。

三々五々とお客が帰っても、男は残っていた。

お高がお茶の替えを持って行くと、男は軽く頭を下げた。

「お高さんですね。私は英で九蔵さんの跡を継いで板長になりました富五郎《とみごろう》と申します」

「あら、まぁ、それなら早くおっしゃってくださればいいのに。お恥ずかしい」

お高は頰《ほお》を染めた。

名前を聞いて思い出した。父の下で働いていた男だ。九蔵の葬儀のときに一度会っている。

「ご無沙汰《ぶさた》をしております。九蔵さんが亡くなってからも、こうして立派にお店を流行らせている。いいことだ」

「まぁ、そんな」

「一度お訪ねしたいと思っていたんですよ。今日はたまたま近くまで来る用事があってね。丸九はどこですかと通りすがりの人に聞いたら、親切に教えてくれましたよ。銀シャリがうまい、おかずがなくても食べられると言われました」

「そんなこと言っていたんですか」

せっかくなら汁がうまいとか、おかずの味がいいとか言ってくれればいいのに。

「飯だけじゃなくて、おかずもうまい。なすの田舎煮はこっくりと味がしみて、ご飯によく合った。感心しましたよ」

富五郎は何度もうなずいて続けた。

「九蔵さんが亡くなったのは……」

「八年前です」

「もうそんなになりますか。早いもんだなぁ。それから、あなたひとりでやっているんでしょ。立派、立派」

「ごらんの通りの小さな店ですし、私も父の下で働いてひと通りのことを教えてもらっていましたから。父は最後まで反対をしていましたし、私も心配だったのですが、みなさんに支えられてここまでやってきました」

お高は二十一だった。

板前を雇ったほうがいいとずいぶん人にすすめられた。だが、板前にはそれぞれ自分の流儀があるのだ。

いくら自分がおかみだと言っても、新しい板前は自分のやり方を通そうとするだろう。となれば九蔵の思い描いた丸九ではなくなってしまう。

「父のやり方を守っていくには私が引き継ぐしかないと思ったんです」

九蔵は厳しい目をして言った。

――いいか、変わったもん、目新しいもんを出そうなんて思うんじゃねえぞ。そいで、材料には金を惜しむな。

その言葉をお高は今も守っている。

河岸《かし》にあがったばかりの生きのいい魚、みずみずしい旬《しゅん》の野菜を仕入れ、米とみそ、かつお節は質のよいものを吟味《ぎんみ》する。温かいものは温かく、冷たいものは冷たく。汁は何度も煮返さず、かつお節やみその香りが飛ばないうちに出している。

「しかし、もったいないなぁ。朝と昼だけなんて」

富五郎は大きな声を出した。

「五と十のつく日は夜も開けるんです」

「毎晩開ければいいのに。流行りますよ」

「でも、今でも手一杯で。とても、毎晩店を開ける余力はありません」

「何も全部自分でやることはないじゃないですか。大丈夫。いい男がいるんですよ。店のやり方も大きく変えたほうがいいな。そのあたりのことは、私がよく分かっている」

まるでもう決まったことのように富五郎は言った。

「せっかくのお話ですが、お断りします。丸九は今のままでいいんです」

お高は固い声を出した。

富五郎の表情が変わった。

「店を大きくするつもりはありません。いらっしゃる方に喜んでいただければ、それでいいんです。それが料理人の道だと父に教わりましたから」

「えっ、料理人？　誰が、あなたさまのことですか？」

富五郎は鼻で笑った。

「いや、恐れ入ったなぁ。料理人ですか。一膳めし屋のおかみが料理人と思っているとはね。あの田舎煮が料理ね。まぁ、いいか」

「それが丸九の料理ですから。みなさんそれを楽しみにいらしてます」

お栄が脇から答えた。

「そうだね。そうだった。余計なことを言った」

富五郎は立ち上がった。

「女の人っていうのはあれだね、やっぱり見る目が狭いんだ。物事はもっと大局的なところから考えないとな」

お近が厨房から顔を出してにらんだ。

「あ、それからひとつ。そばだしはまかないの味つけに使うもんだ。店に出す料理にはちょっとね」

そう言うと富五郎は体を揺するようにして出て行った。

「なによ、あの人。お高さんのこと、馬鹿にしてさ。腹が立つ」

お近が口をとがらせた。

「あの男、本当は英の板長じゃないんでしょ。なんだかうさんくさい」

お栄が意地の悪い目をする。

「まさかぁ。そんなことはないわよ。言われて思い出したわ。おとっつぁんのお葬式にも来てくれたわよ」

お高は手をふって否定した。

「なんだか、でも、ちょっとがっかりしちゃった。たしかに、板前さんにしてみたら、あのなすの田舎煮はふだんの家の味よね。料理とはいえないわよね」

どこの家でもつくっているようなご飯のおかずだ。

「だけど、家の料理とはひと味もふた味もちがいますよ。なすの炒め方とか、煮汁の含ませ方とか、ちゃんとコツがあって、それは親方からお高さんが引き継いだものじゃないですか。それを分かっているから、みんな来ているんですよ。そばだしを使う、使わないじゃないです。今さら、何を言っているんですか」

お栄は落ち込んでいるお高の背中をどんとたたいた。

二

その日はまたお客が来た。双鷗画塾の塾生で、なぞかけをした若者である。

片づけがすんでお栄とお近が帰ろうとしているときだった。
十七、八か。色黒で、はしっこそうなよく光る目をしていた。男前ではないのだが、愛《あい》嬌《きょう》のあるかわいげのある顔立ちをしている。そして、そのことを本人もよく分かっているらしい。
お高の顔を見ると、人懐《ひとなつ》っこい笑いを浮かべた。

「双鷗画塾で学んでいる秋作《しゅうさく》という者です。先生においしいものを食べさせたいんで、飯の炊き方を教えてもらえないでしょうか」

「前にもそんなことを言って来た塾生がいたねぇ。あの子はえらく出世したらしいねぇ」

お栄がちらりと見て言った。

仙吉《せんきち》という名で、千住《せんじゅ》の裕福な農家の生まれと言った。まじめな気持ちのいい若者で、食べることが好きで味もよくわかっていた。絵の才能も豊かで、双鷗に取り立てられ、今は上方《かみがた》で古い絵巻物を模写している。

「いや、まいったなぁ。仙吉のことを知っているのか」

秋作は頭をかいた。

「厨房に入ったことはあるの？　おいしい飯を炊くのは、あんたが思っているほど簡単じゃないよ」

自分だってたいしたことはできないくせに、お近が偉そうに言った。

「うちじゃあ、おっ母《か》ぁと姉ちゃんが飯をつくってくれて、男は台所に入るもんじゃねぇなんて言われて、なあんにも知らないんです。とにかく、やってみようと思ったんだけど、どっから手をつけていいのか分からない」

秋作は甘えるような目でお高を見た。

「できれば、今日、これからでも」

「今日、これから？」

「そうしてもらえると、ありがたい」

少々図々《ずうずう》しい。

「細かいことはいいから、本筋のところだけちゃちゃっと」

「あんたねぇ、本筋を身につけるのは時間がかかるんだ。ちゃちゃっと覚えられるのは枝《えだ》葉《は》のところだ。そういうお手軽なことでいいって、あんたのお師匠さんは教えているのかい？」

お栄が鼻を鳴らした。

「そう言われると返す言葉がないんですけど、先生も気の毒なんですよ。料理上手な仙吉が上方に行っちまってまた飯がまずくなったもんだから、すっかりやせてしまった」

そういえば、近ごろ双鷗の姿を見ていない。

「ね、そうでしょう。歩いてもさほどの距離じゃないんだから、ここへ来て食べればいいんだよ。だけど、あの先生は絵に夢中になると腹が空いたのも忘れるんだ。布団にも寝ないんですよ。床にころがって休んで、目が覚めたらすぐまた描《か》く。その繰り返し」

「じゃあ、お食事はどうしているの？」

「心配した弟子が握り飯と汁を持って行く」

「それじゃあ、体がもたないよ」

お栄がため息をついた。

「だからなんですよ。そりゃあ、こっちも、ちょっとは先生に目をかけてもらいたいって気持ちもありますよ。あるけれど、本当のところは先生の体が心配なんです。うまいものを食べて、いい絵を描いてもらいたい」

「そりゃあ、感心な心がけだねぇ」

お栄が大げさに言った。

お近も疑わしそうな目をして秋作の顔をながめている。

「ほんとですよ。ほんと、やだなぁ。なんか、私の言うことは信じてもらえないんだ」

秋作は頭をかいた。

口が達者で目端がきいて調子がいい。だが、根は悪い男ではないらしい。

「分かったわ。じゃあ、これから双鷗画塾に行きましょう。厨房でご飯の炊き方を教えますから」

「ありがたい。うれしいです。感謝、感謝」

秋作は両手を合わせ頭を下げた。

夏の日差しが照りつけるなか、ふたりで双鷗画塾に向かった。表には立派な看板があって、脇の楓《かえで》の木で蟬《せみ》がうるさいほど鳴いていた。お高はもう何度か来ていて、勝手が分かっている。まっすぐに裏口に回った。

台所はむっとするような熱がこもっていて、脇の方でまかないのお豊《とよ》が休んでいた。

「すみません。台所をお借りします。秋作さんがご飯の炊き方を教えてほしいとおっしゃるので」

お高はお豊に声をかけた。

「どうぞ、どうぞ。よろしくお願いします。助かります」

双鷗や師範、そのほか二十人以上いる塾生の食事の世話をひとりでしているお豊は、手間が省けるとにこにこした。

お高はかまどの前で秋作にたずねた。

「火の入れ方は知っていますよね」

「あ、それはなんとか」

秋作は答えた。

「じゃあ、お米を研《と》ぐところからですけれど、あんまり少ないと炊きにくいからとりあえず二合炊きましょうか。湯飲み茶碗《ちゃわん》でいいわ。これで二杯」

ざるに入れる。

「お米を研ぎます。今の陽気だと、すぐに水が悪くなるから汲《く》み置きの水は避けてくださいね」

お高は秋作に新しく冷たい井戸の水を汲ませた。

「へぇ、そうなんだ。あたしはいつも甕《かめ》の水を使っていたよ」

いつの間にかお豊が横に来ていた。

「最初に水をかけて砂とかごみを落とすの。その後、桶《おけ》に移して研ぐ。水をかけたら、親指の根元の肉の厚い部分で押すようにしてぬかを落とすの」

「こうですか?」

秋作はへっぴり腰で研ぎはじめた。

「そうそう、とっても上手よ」

お高はほめる。

「白いとぎ汁をそのままにしておくとその水をお米が吸い込んでぬか臭くなるから、すぐに水をかけてすすぐのよ」

お高はひしゃくですくって桶に水を入れ、手早くひと混ぜして水を捨てた。

「じゃあ、もう一回」

秋作が研ぐ。ほどよいところでお高がひしゃくの水を入れ、今度は秋作がすすいだ。

「うん。だんだん水が澄んでくるんだね。なるほどねぇ」

お豊はふたりの手元をのぞきこむように見ている。

「だけどさ、あたしは毎回、三升も炊くんだよ。いちいち、こんなにていねいに研いだりできないよねぇ」

「そうですねぇ。でも、これをするとずっとおいしくなりますよ」

お高は遠慮がちに言った。

「今度は水加減するんですよね？　水はどれぐらい入れればいいんだろう？　いっつも固くて芯《しん》があるか、べちゃべちゃかどっちかなんだ」

秋作が言った。

「悪かったねぇ、芯があったり、べちゃべちゃで」

お豊の声がとがる。

「あの、いつもどうやって計っているんですか？」

その場が険悪な雰囲気になりそうで、お高は困ったと思いながらたずねた。

「目分量だね。毎日のことだからさ」

お豊はあっさりと答えた。

「慣れている人はそれでいいけれど、秋作さんは最初だからちゃんと計ったほうがいいわね。さっきの湯飲み茶碗で二杯と少し。そしたらかまどで炊きましょう」

お高がかまどに薪《まき》をくべると赤い炎があがった。

「しかし、暑いなぁ。飯を炊くだけでも大仕事だ」

「あたしはこれを毎日やっているんだ」

秋作の言葉にお豊が答える。

秋作は首筋の汗をぬぐうと、冷たい井戸水をお豊に手渡した。

「そうだよな。ひとりでみんなのご飯をつくっているんだから、大変だ。それも分からずに勝手なことを言ってごめんな」

「いや、そういうわけじゃないんだけどさ」

お豊はたちまち機嫌を直した。

「お高さんもありがとうございます」

秋作は殊勝《しゅしょう》な様子で湯飲みを手渡してきた。

人の心の動きに敏感な子だ。絵描きを志すくらいだから元々繊細なのだろう。

「秋作さんの生まれはどちら？」

お高はたずねた。

「下総《しもうさ》。成田《なりた》不動の近くで実家は下駄屋《げたや》をしています。人も使っていて、結構大きいんです」

　画では飯を食えないと反対する父親を、母親と長兄《ちょうけい》が説得して入塾したという。

「子供のころから絵が上手だって評判で、六つのときには名主《なぬし》さんの家で龍《りゅう》の絵を描いたんです。みんなが見ている前で襖《ふすま》ぐらいの大きな紙にいっぱいに。村の人たちは感心してため息をついている。そんななかで親父《おやじ》が得意そうな顔をしていた。うれしかったなぁ。自分がほめられたことより、親父が喜んでいたことが心に残った。考えてみたら、あのときが私の人生の一番の花だった。てっぺんだ。それからはずっと下り坂ですよ」

　秋作は肩をすくめた。

「あのね。六歳が人生のてっぺんだなんて、そんな哀《かな》しいことを言ったらだめよ。これから、まだまだいいことがあるんだから。双鷗画塾に入れたんだから、絵の天分《てんぶん》はあるってことでしょ。あとは精進《しょうじん》じゃないの」

　お高の言葉に、秋作は分かってないなぁという顔になった。

「入塾っていうのは絵描きになるための入り口でしかないんですよ。師範になって先生の仕事を手伝うようになって、ようやく絵描きの修業の一歩」

　長い道のりなのだ。

「秋作さんは双鷗画塾に来て何年目なの？」

「三年目」

期限は五年だ。あと二年。その間に花や鳥、風景などの技法をすべて身につけなければ、塾を出なくてはならない。

「はっきり言って三年目なら、勝負はついたようなもんなんです。うまいやつは最初からうまい。もう、とんでもなくうまい。こっちも必死で追いつこうとするけれど、向こうはその間にずっと先に行ってしまっている」

秋作は手にした藁《わら》をかまどにくべた。

「本当にできる者とそうでない者の違いは、どれだけ夢中になれるかなんです。本当にできる者はひと晩じゅうでも一心不乱にずっと筆をとっていられる。こっちは雑念ばかりで、すぐに疲れてしまう」

「双鴎先生は夢中になれるのね。ずっと絵に向かっているんでしょ」

「そうですよ。あんな年寄りで、やせて細いのに、それができる。二十も若い師範のほうが先に参ってしまうそうです。すごいです」

「まったくだよ。これだけ弟子がたくさんいるんだから、みんな弟子にまかせて自分は適当に休んでいればいいのにと思うけれど、それができない。損な性分だね」

脇で野菜を切っていたお豊が話に割り込んだ。

「まぁ」

世間の人はそんなふうに思っているのかもしれない。

お高はおかしくなって笑ってしまった。

だがお高は父の九蔵を見ていたからよく分かる。九蔵も料理のことになると夢中になった。話しかけるのもためらわれるほど真剣な顔で包丁を握り、鍋《なべ》を見つめていた。いい材料が手に入ると子供のように無邪気に喜び、おいしいとお客に言われると満面の笑みを浮かべた。

料理が本当に好きなのだ。

だから自分でつくりたい。人に任せたくないのだ。

自分も厨房に立つようになってそれほどまでに料理にのめり込める九蔵を偉いと思い、うらやましくも感じる。もしかしたら、今の自分は現在に安住して、料理に対する向上心、貪欲《どんよく》さに欠けているのではないか。

お高はふと不安になった。

「どうしたら、そうなれるのかなぁ。やっぱり生まれたときにもう決まっているのかなぁ」

秋作がぼやく。

「また、そんな情けないことを言う。しっかりしなさい」

お高の言葉に、秋作は雨に濡《ぬ》れた猫が助けを求めるような目をした。

「それに、ご飯が炊けても、おかずがないんですよ」

「だからさ、ついでに汁とおかずのつくり方を教えてください」

「えっ」

「だって、ご飯だけって言ったじゃないの」

お高は渋い顔になった。

「そりゃあ、いい考えだ。そうだよ。そうしてもらいな」

お豊がちゃっかりと後押しする。

「もう。最初からそのつもりだったんでしょ」

まんまとやられてしまった。お高はため息をついた。

「なにか、おかずになりそうなものはありますか？」

お高がお豊にたずねると、鰺の干物となすの浅漬け、豆腐を出してきた。

「みそとか醬油とか、削り節とか、そういうものはひと通りあるからね。よろしく頼みますよ」

お豊も頭を下げた。

鰺の干物は小ぶりだが脂がのっていて、なすの浅漬けもいい具合に漬かっていた。だが、みそは塾生の誰かが家から持ってきたものらしい田舎みそで、醬油も削り節も安いものだ。双鷗に食べさせるならもう少しいいものを使いたいところだが、この際、贅沢《ぜいたく》は言えない。

鰺を焼いてなすの浅漬けを添え、冷ややっこにみそ汁。

ふつうならそれでも十分だと思うが、食欲の落ちた双鷗にはもう少し工夫がいりそうだ。目をあげると、裏庭の脇に青じそが茂っているのが見えた。

「おじゃことか、ごまはありますか？」

「あるよ。そこの棚」

お豊があごで示す。

「じゃあ、ご飯は白飯をやめてなすご飯にしましょう。なすの浅漬けと青じそ、じゃこ、ごまを混ぜるの。香りもいいし、さっぱりして食欲がないときでも食べられるわよ」

「いいですねぇ。うまそうだ」

「鯵の干物におろしを添えるなら大根もあるよ」

お豊がねずみのように丸くずんぐりした大根を手にして言った。

「八百屋が持ってきたけど、あんまり辛いんでそのままになっているんだ」

「じゃあ、これを少しだけおろして添えましょう」

「冷ややっこは豆腐を切って出すだけでいいですか？」

秋作がたずねた。

「そうねぇ」

もうひと工夫したいところだ。

双鷗は絵描きだから、目から涼しさを感じてほしい。

「氷豆腐というのがあるのよ。豆腐は寒天でくるむように冷やし固めて、練りからしと酢醬油で食べる」

「へぇ。面白い」

「汁は青菜を具にして、香りのいいみょうがのせん切りをのせる。これで、いい？」

「もちろんです」

秋作が手をたたいて喜ぶ。

「それなら先生もおいしく食べてくれるよ」

お豊もうなずく。

「じゃあ、それをお願いします。私も手伝います」

「何を言っているのよ。これはあなたが作るのよ」

お高が言うと、「ひえぇ」と秋作は目を丸くした。

秋作が氷豆腐用の棒寒天を煮溶かしている脇で、お高は大根をすりおろし、じゃこを乾《か》煎《い》りした。じゃこはカリカリになって香ばしい匂《にお》いをたてた。浅漬けのなすを切ると紫色の汁があふれ、あたりにすっぱい香りが広がった。

「仙吉さんはね、先生に言われたそうよ。『画塾に来る者は、人並み以上の技量がある。天分にも恵まれている。大切なのは見る力を伸ばすことだ』」

漫然と見るのではない。刀ならどうしてこの形をしているのか。紙が切れるのか、藁を切るためのものか、人を斬《き》れるほどの力があるのか、それを考えろ。

「料理を習うことも見る力を伸ばすひとつの方法なんですって」

お高は秋作の背中に話しかける。

「やっぱり、あの人は期待されていたんだなぁ。私はそんなふうに教えられたことは一度もないですよ。ちゃんと見て形を写せとだけ注意される」

「あんたはだいたい、落ち着きがないんだよ。だから、ていねいに話をするところまでいかない」

お豊の言葉に秋作は首をすくめた。

お高がだしをとる支度をしていると、お豊は裏庭の青じそをざるいっぱいちぎってきた。

「これぐらいあれば、いいかねぇ。ついでにみょうがも掘ってきたよ」

丸々と太ったみょうがが五個も六個も入っている。

「こんなにたくさん。ありがとうございます」

さっそく青じそとみょうがを刻む。

突然、がらりと戸が開いて若い男が顔をのぞかせた。見れば、何度か丸九に食べに来たことのある勘助《かんすけ》という男だ。

「あれ、丸九のおかみさんじゃないですか。今日はどうして、ここに？」

「秋作さんが双鴎先生においしいご飯を食べさせたいというから、お手伝いに来たのよ」

「へぇ」

たちまち不服そうな顔になった。どうやら秋作が抜け駆けしたと思ったらしい。

「秋作、お前、そんなことを考えてたのか。それより一枚でも多く絵を描いたほうがいいんじゃねぇのか。仙吉のまねしたって元が違うんだからさ」

先輩に言われて秋作は情けなさそうな顔になった。

「人は人。自分は自分。いろいろ言われても気にしないのよ。先生においしいものを食べさせたいって気持ちは本物なんだから、堂々としなくちゃ」

お高は秋作にささやいた。

寒天が溶けたので、木箱に豆腐を入れて寒天液を流す。箱の底に冷たい水をあて、そのまま寒天が固まるまでしばらくおく。

「なるほどねぇ。これが氷豆腐かい。たしかに見た目も涼しげだ。うまいこと考えたもんだねぇ」

お豊がしきりに感心している。

秋作はお高に言われて、大根をおろしている。

「うちの方じゃ、こういう大根をねずみ大根って言うんですよ。見た目がねずみみたいだから」

ちゅうちゅうと口まねをしたので、お高もお豊も声をあげて笑った。

「まったく、あんたといると楽しいねぇ」

お豊が言う。

「みんなは口が達者だから絵描きより、商売に向いているって言うんですよ。骨董《こっとう》屋になったらいいって」

「そうかしら」

お高は首を傾げた。たしかに口数は多いが、言葉が軽い。大事な話をしているようには思えない。

そう言うと、秋作は大きくうなずいた。

「そうなんですよ。私はぺらぺらしゃべるだけ。みんなちゃんと聞いてくれない。どうせ、ろくなことしゃべってないって思うらしい。それじゃあ、骨董は売れないよ。そこへいくと、作太郎《さくたろう》さんはひと言の重みが違う。みんながあの人の話を聞きたがる」

作太郎の名前が出たので、お高は少し緊張した。作太郎はこのところお高の心を占めている男である。

双鷗画塾を出て双鷗にも気に入られているのだが、師範として働いているわけではない。焼き物を学ぶと言って、あちこちの窯《かま》をたずねて歩いているらしい。素封家《そほうか》の食客《しょっかく》をしているとも聞いた。

幼なじみで仲買人の政次《まさじ》は、「ひとつ所に定まらない風来坊《ふうらいぼう》だ、やめておけ」と切って捨てる。

そもそもどこの生まれでいくつなのか、独り者なのかさえお高は知らない。

つまりは謎なのだ。

それでも、というべきか。

それだからなのか。

お高の心には作太郎の面影《おもかげ》が去来する。丸九をたずねてくる日を待っている。

「そんなに作太郎さんの話を、みんな聞きたがるの？」

何気ない様子でたずねてみた。

「そうですよ。作太郎さんが戻ってくると、双鷗先生もうれしそうな顔になる。自分の絵を見せて『どう思うか』なんてたずねる。古い師範の先生方にもそんなことは絶対にしないのに。よっぽど作太郎さんのことを信用しているんだろうなぁ」

「絵を見る目があるのね」

「絵だけじゃないですよ。焼き物も書も、食い物も。全部。何もかも」

「そんなにすごい人なの？」

「もちろんだよ。あの人のことはみんな知っている。画塾始まって以来、五本の指に入る秀才だ」

お豊が答える。

「双鷗先生から師範にならないかと何度も誘われたけど、作太郎さんは断った。最初は絵を描いていたけど、そのうちに陶芸に興味が移って、今はあちこちの窯元をたずねている。双鷗先生も今ではすっかりあきらめて、好きにさせているって。十年後、二十年後を楽しみにするとか言って」

作太郎がほめられているので、お高はうれしくなった。

この話を政次に聞かせてやりたい。

作太郎はただの風来坊ではないのだ。

「だから結局、どういう人が何をしゃべるかが問題なんですよ。私の場合はまず私に信用がない、話にも中身がない。だから、まじめに取り合おうとしないんだ。ねぇ、どうしたらいいと思いますか？」

秋作がたずねた。話は元のところに戻っている。

「えっ？」

「やっぱり、私の話を聞いてないんだ」

秋作はしょげた。

気がつくと、ご飯がふつふつと白い泡を吹いていた。

「そろそろ炊けるから、先生にご飯はどうしますかって聞いていらっしゃい」

「私が？」

「だって、あなたが今日のご飯を用意したんでしょ。一番おいしいところを食べてもらいたいから、先生のご都合のいいときにお持ちしますって言うのよ。献立はなすご飯と鰺の干物、氷豆腐にお汁です。なすご飯はじゃこや青じそが入ってさっぱりしています。氷豆腐はよく冷えてつるんとして食べやすいですってね」

「分かりました」

秋作は緊張した様子で母屋《おもや》に入った。

しばらくすると秋作が頬を赤く染めて駆け戻ってきた。

「ちょうど、今日の仕事がひと区切りついたところですって。それでお腹も減ってなにか食べたいと思っていたところですって」

「そう。じゃあ、すぐ、用意しましょう」

焼き網の上に鰺の干物をのせた。

「身のはじのほうが白っぽくなってちょっと脂が浮いてきたら教えてね」

秋作は焼き網の前に立ってにらんでいる。

お高は鍋に湯を沸かして削り節をひとつかみ入れた。削り節はねじれて沈み、ふわっとだしの香りが漂う。すかさずみそを溶き入れる。

熱々の湯気をたてているご飯をお櫃《ひつ》に移し、薄く切った浅漬けのなすに青じそ、じゃこを加えてひと混ぜした。なすの塩け、青じその香り、かりっとしたじゃこの香ばしさがひとつになった夏の味だ。丸九でも白ご飯とは別につけることがある。暑さで食欲が落ちたと言っていた徳兵衛たちもお代わりを頼むのだ。

「ねぇ、そろそろいいんじゃない？　焼きすぎたら固くなるのよ」

「あ。うん」

近づいてみると、ほどよく火が入って脂が浮き干物の端が白くなっている。おいしそうな香りがした。

「ほら、ちょうどいいところ」

ひっくり返すと、皮には少し焦げが入ってぱりっとしていた。表面に軽く焦げ目がついたら焼き上がりだ。

冷えて固まった氷豆腐を器《うつわ》に盛り付ける。

たちまちお膳に鰺の干物、なすご飯、氷豆腐の小鉢と青菜のみそ汁が並んだ。ご飯と豆腐の白、みそ汁の茶、鰺の薄茶、なすの紫、青じその緑、みょうがの紅。

涼しげで明るい色彩のお膳になった。

「はい。出来上がり。先生のところに運んでね」

秋作は生真面目《きまじめ》な顔で盆を受け取ると、慎重な足取りで母屋に向かった。

「さすがに手際《てぎわ》がいいもんだねぇ」

お豊が感心したように言った。

「いえいえ、お恥ずかしいです。台所を勝手に使わせていただいてすみません」

お高は思わず体を小さくした。

「いや、いいんだよ。ほら、あたしは手が痛いだろ。ここは大人数だからお米を研ぐのも煮物をつくるのも大変でさ。先生には申し訳ないと思うんだけど、みんなといっしょでいいっておっしゃるから」

「塾生の方と同じものを召し上がっているんですね」

「そうなんだよ。双鷗先生ぐらいになると八百善《やおぜん》あたりで毎晩、ごちそうになっていると思うだろ？　でも、違うんだよ。その時間がもったいない、絵を描いているほうがいいって。やっぱり少し変わっているよね」

八百善は江戸一、二を争う有名な料理屋だ。

「そういう先生だから、各地から先生を慕《した》って塾生が集まるんですよ」

「そうなんだろうねぇ」

お豊はうなずいた。

そんな話をしていると、秋作が顔を真っ赤にして駆け戻ってきた。

「この料理をつくったのは誰だって先生が聞くから、丸九のおかみさんですって答えたら、お礼を言いたいから来てくださいって」

「えっ、私？」

秋作はにやりと笑った。

「先生はひと目見て気づきましたよ。そりゃあ、そうだよなぁ」

お高が二階の部屋に行くと、座敷の真ん中に双鷗がちょこんと座っていた。濃茶《こいちゃ》の着物を着て茶筅髷《ちゃせんまげ》を結っている。その顔がやせて小さくなっていたのでびっくりした。

「見てください。すっかり食べ終わってしまいましたよ。こんなにいただくのは久しぶりです」

「喜んでいただければ、つくった甲斐《かい》があります」

「おかげで体がしゃんとしました。やはり少しは食べないとだめですね」

「そうですよ。お体に響きます」

「まったくです。ありがとうございました」

ていねいに頭を下げた。

「お礼は私ではなく塾生の秋作さんにお願いします。先生においしいものを食べさせたいと私のところに頼みに来たのは、秋作さんですから」

「そうですね。秋作にも礼を言わなくてはね」

笑みを浮かべたが、突然、真顔になった。

「あなたは、私が厳しいと思っているでしょう？　五年という年限を設《もう》けて、そこで選ばれなければ退出させる」

「え、いいえ」

お高は言葉を濁《にご》した。

五年間、一度もふるさとに帰らず頑張ったが、結局夢をあきらめて故郷に帰った者を知っている。その淋《さび》しさ、無念さを目にした。

「秋作も、なんとか私の歓心を得ようと料理をつくることを思いついた」

「多少はそういう気持ちもあるとは思いますけれど、先生のお体を気遣う心は本物ですよ」

お高は言った。

「そうですね。損得ずくだと考えたらかわいそうだ」

双鷗はうなずいた。

「昔から、瓜《うり》のつるになすはならないというでしょう？　人にはそれぞれ自分にあった生き方がある。ともかく五年間は絵に打ち込んでもらう。けれど、天分がもっと別なところにあると思ったら、そちらの道に進んでもらう。それが、その人のためと思っています」

双鷗はきっぱりと言い切った。

「狩野永徳《かのうえいとく》は三百人も弟子がいたそうです。当時は、たくさん城が造られましたから、それだけの人を必要とする仕事があったのでしょうね。ですが、今はもう、そんな時代ではありません。そもそも私にはそんなたくさんの弟子を抱える力はない。自分の目が届く範囲で仕事をしていきたい。ただの絵描きなのですよ」

絵が好きで、絵を描いているのが楽しい。

それだけなのだ。

「お高さんもそうでしょう？」

やさしいまなざしになった。

「そうですね。料理をつくるのが好きで、それを誰かが食べて、おいしいと喜んでくれるのがうれしい。それだけです」

店を大きくしようとか、金儲《かねもう》けをしようとは思わない。

人は食べたもので出来ている。

食は明日の命を育てるもの。

「時々食べる贅沢な料理ではなく、毎日食べても飽きない、ふだんの料理をつくりつづけていきたいんです。それが私のできる精一杯のことです」

「それでいいんです。それがいいんですよ」

双鷗は言った。

三

翌朝、いつものようにご飯の支度をしているとき、お高は突然思いついて言った。

「ねぇ、今度みんなで英に食べに行かない？」

「なんですって」

米を研いでいたお栄が聞き返した。

「あの有名な？」

野菜を洗っていたお近が目を上げた。

「そうよ。だって、私、まだ一度も食べに行ったことないもの。みんなもそうでしょ。行きましょうよ」

「え、いいの？　どこにそんなお金があるの？」

お近が目を丸くした。

「なんでまた、急にそんなことを思いついたんですか。富五郎って人のせいですか？」

お栄がたずねた。

「まぁ、それも少しはあるけど、あの店はおとっつぁんが板長をしていたのよ。いつかお前たちを連れて行くって、おっかさんと私に約束したのに、とうとう果たしてもらえなかった。どんな店か見てみたいじゃないの。そういうのも勉強だと思うわ」

一流の料理屋の一流の料理とはどんなものか、目で見て舌で味わいたい。でも、それなら
「まぁ、お高さんが行きたいっていうなら、あたしはかまいませんけど。

ひとりで行ってくれればいいですよ。あたしとかお近には猫に小判ですから」

「ええっ、どうしてぇ。あたしも行きたい」

お近は甘い声を出した。

昼近くに政次が来たので、お高は英に行きたいと告げた。

「ひとり、いくらかかると思っているんだよ。あそこは俺たちの行く店じゃねぇよ」

政次は驚き、あきれた顔になった。

「だからね」

お高はお栄に言ったのと同じ説明をした。

「前に行ったことがあると言っていたじゃないの。話を通してよ」

「そのときは市場のほうでいろいろあってさ、お偉いさんに頭を下げなくちゃならなかったんだよ」

苦い顔をする。

「お、それよりさ。お前、親父さんがあそこにいたんだから、昔板長をしておりました九蔵の娘ですって言えばいいだろ。あ、それが一番だよ」

「だめ。それはだめ」

お高は富五郎がたずねて来た話をした。

「なんだよ。料理人とはいえないって言われたのが悔しかったからだろ」

「それもある」

「やめとけ、やめとけ。恐れ入りましたって帰ってくるのが関の山だ」

「だけど……」

お高はあきらめない。

「まったく、言いだしたら聞かねぇやつだからなぁ」

政次は根負けした。

「分かったよ。知り合いに頼んでみる。そいで、あんまり高くないようにしてもらう」

夕方、三人で片づけをしているときに政次がやって来た。

「明日の夜でいいか。三人行きますって頼んである。勘定《かんじょう》はこのぐらい」

指を二本立てた。二両ということか。

なかなかの値段である。お高の懐《ふところ》具合を考えて、それでも、ずいぶん安くしてもらったのだろう。

「まあ、だけどさ。行けばお大尽《だいじん》だよ。気持ちよくもてなしてくれる。せいぜい、きれいな形《なり》をして楽しんでくるんだな」

　政次は言った。

　そんなわけで三人はそれぞれ一番いい着物を着ることにした。

　お高が白地に菊を散らした夏の着物である。お近は青竹のような太い縦縞《たてじま》の派手な着物だ。

「あんた、またあの半ぐれみたいな着物を着るつもりなのかい？」

　お栄は眉をしかめた。太い縦縞が若い娘の間で流行っているらしいが、体の線があらわになって正直、あまり品がいいとはいえない。

「だって、これしかないんだよ。この前はこういう柄《がら》を着られるのも若いうちだから、どんどん着ろと言ったじゃないか」

　お近は口をとがらせる。

「どんどんなんて言ってないよ」

　お栄の声も高くなる。しかし、そういうお栄も持っているのはいつも丸九に着てくる地味な着物で、料理屋にごちそうを食べに行くのにふさわしいとはいえない。

「私の着物を貸すわよ」

　お高が言うと、お栄はあわてて手をふった。

「借りものじゃ汚すのが心配で、落ち着いて食べられない。いいですよ、いつもの着物で。少しはきれいなのがあるんです」

翌朝風呂敷《ふろしき》に包んで持ってきた着物は、いつもと変わり映えのしない黒っぽい木綿だった。

ともかく着るものは決まった。

その後も髪結いに行ったり、化粧をしたり三人で大騒ぎした。

極めつけは駕籠《かご》である。

お近は生まれて初めて乗る駕籠にはしゃいだ。

店に着くまでひと騒動だったのだ。

英は大名屋敷に囲まれた静かな場所にあった。板塀の入り口に英と書いた小さな額があった。知らなければ通り過ぎてしまいそうな、ひっそりとした佇《たたず》まいだ。

石畳を歩いて玄関に至る。

「お待ちしておりました」

声がして戸が開いた。玄関番が腰を低くして待っていた。

ふわりと檜《ひのき》の香りが鼻をくすぐる。黒光りする廊下を通って二階の座敷に通された。

襖《ふすま》を開けると広い座敷で、窓の向こうには夏の遅い夕暮れで薄青く染まった空が広がっていた。遠くに大川が光って見えた。

涼やかな風が昼の暑さを消していく。どこからか三味線をつまびく音が聞こえてきた。

お高はどこか知らない、特別な場所に来てしまったような気がした。

「風流なもんだねぇ」

お栄がつぶやいた。

「座布団ふかふか」

お近が小声で言った。

そうか、これが英か。

お高は背筋をのばした。

静かに襖が開いて、女が姿を現した。

「おかみのりょうと申します。どうぞ、ごゆっくり楽しんでいってくださいませ」

年は三十半ばか。豊かな黒髪とふっくらとした美しい顔立ちをしていた。黒い瞳の切れ長な目がまっすぐに人を見る。澄んだ、強いまなざしだった。

物腰はやわらかだが、中に一本筋が通っている。夏山に凛《りん》として咲く白い百合《ゆり》のような人だとお高は思った。

運ばれてくる料理は、どれも手が込んだものだった。

白和《しらあ》えのころもはふわりとやわらかく、なめらかで口の中で溶けていった。汁に入っていた冬瓜《とうがん》は透きとおったきれいな薄緑色をしていたし、子持ち鮎《あゆ》の煮びたしは骨までやわらかく味がしみていた。

「ね、これ、なす？」

お近が指し示したのは小なすと子芋の炊き合わせで、なすは茶筅《ちゃせん》のように、ごく細く、ぐるりと縦に均等に包丁が入っていた。

「すごいねぇ。包丁の幅がみんな同じだよ。どうしたら、こんなふうに包丁が入れられるんだろうね。きっと何度も何度も練習したんだろうね」

目を近づけてながめている。

「だから、これが板前の料理なんだよ」

お栄が言った。

お高は大切なものを扱うようにそっと箸でつまんで口に運んだ。なすはたっぷりと汁を含んでとろりとやわらかく、品のいいかつおだしの香りが口に広がる。ていねいな仕事ぶりが伝わってきた。

夏の盛りなのに、お膳の上は秋だった。料理は季節を先取りするものではあるけれど、松茸《まつたけ》の土瓶《どびん》蒸しが出て来た時にはさすがに早いのではないかと思った。中に鱧《はも》が入っていたので、さらに驚いた。

関東では、鱧はなかなか手に入らない。調理できる板前も少ないはずだ。松茸は丹波《たんば》あたりから取り寄せたものだろうか。名残の鱧と走りの松茸が一瞬重なる時期があって、その両方を味わうのが極上の楽しみだと聞いたことがある。

今、それを味わっているのかと、お高は震えた。

「どんなにおかみさんが大事だったか分かりませんけれど、旦那さんが英を辞めたのは思い切ったことでしたねぇ。やっぱり、板前ならこういう店で腕をふるいたいんじゃないんですか?」

お栄が声をひそめて言った。

「そりゃあ、毎日の料理が大事なのは分かりますけどね、働く人においしいものを食べさせたいという気持ちも立派ですよ。旦那さんらしい。だけどねぇ」

言いたいことはよく分かる。

よりすぐりの材料を思う存分使えるのだ。

好きなだけ手間もかけられる。

やって来るお客も舌の肥えた一流の者ばかりで、その人たちがほめるのだ。板前冥利《みょうり》に尽きるのではないだろうか。

また、富五郎の顔が浮かんだ。

——いや、恐れ入ったなぁ。料理人ですか。一膳めし屋のおかみが料理人と思っているとはね。あの田舎煮が料理ね。まぁ、いいか。

あの言葉に、お高はひそかに傷ついていた。

英に来る気になったのも、あの言葉があったからだ。

富五郎の言う英の料理がどれほどのものなのか、板前料理とはいかなるものなのか、自分の目で、舌で見極めたいと思ったのだ。

丸九のなすの田舎煮。

悪くはない。

でも、英の料理とは比べものにならない。

なんと世間を知らなかったのだろう。

口の中が苦くなった。

食事が終わったとき、おかみのおりょうが顔を見せた。

「お口に合いましたでしょうか」

「それはもう、もちろん」

お高が答えるより先に、お栄とお近が言った。

「今、うかがったのですが、九蔵さんのお嬢さんでいらしたんですね。知らないこととはいえ、失礼をいたしました」

「え、いえ」

　やっぱり富五郎から伝わったのだろうか。それとも政次が告げたのか。

「本当は伏せておきたかったのに。

「九蔵さんのことは亡くなった父がよくほめていました。英を辞めると言われたときは、本当にがっかりしていました。でも、九蔵さんが自分が一番やりたいのは、一膳めし屋だとおっしゃって。それで父もあきらめたようです」

「へぇ、そうなんですか？　一番やりたかった？」

　お栄が首を傾げた。

　お高もその話を初めて聞いた。

　九蔵が英を辞めたのは、病に倒れた母のそばにいたいと思ったからではないのか。

「もちろん、それもひとつの理由だとは思いますが……」

　おりょうは遠くを見る目になった。

「ある出来事があったんですよ。染井《そめい》様という西国《さいごく》のお大名の殿様がいらっしゃいました。ちょうど今ごろの季節だと聞いております」

　走りの青いみかんを出した。

　江戸っ子は走りの食べ物が大好きだ。

「父は江戸のどこの店より早くみかんを出したいと八方《はっぽう》手を尽くし、早飛脚《はやびきゃく》で取り寄せました。染井様は九蔵さんを呼んでおっしゃったそうです」

――板長はこのみかんを本当においしいと思って出しているのか。

「一個一両、いえ、もっとしたかもしれません。青い小さなみかんですから、香りもまだまだですし、お味のほうも甘くもすっぱくもない。めずらしいのだけが取り柄のみかんでした」

――わが藩ではみかんを育てている。だから、この青いみかんがどれほどの手間をかけて育てられたものか分かる。それに価する値がついていることも承知している。

それが分かってたずねている。

あとふた月もすれば旬のものが出る。誰もが気軽に楽しめる、安くてうまいみかんだ。わが藩の百姓たちは、その安くてうまいみかんを育てるために汗を流している。私もそれをすすめている。それが本筋と思うからだ。

食は明日の命を育てるもの。

料理人も、盛りの、本当に味ののった素材を生かすことが本筋ではないのか。

「染井様というのはまっすぐなお方です。料理のこともよく分かっていらっしゃる。先代が遊興三昧《ざんまい》で藩の財政が苦しく、それを立ち直らせようと苦心しているということも後から聞きました。九蔵さんは辛《つら》かったと思います。走りの食材で人を呼ぶというのは父の考えで、九蔵さんはそれには反対だったのです」

「そのとき、父は何と答えたのですか？」

お高はたずねた。

お栄とお近は気配を消したように座っている。

おりょうは小さく息を吸った。

「まったくその通りでございますと答えたそうです。そのころ英は祖父から父に代が替わったばかりで、父はたいそうはりきっていました。今までとは違う、新しいことで世間を驚かせたかったんです。八百善の茶漬けの話がありますでしょ」

ある客が上等の茶漬けを食べたいと言ったところ、半日あまりも待たされてやっと出て来た。食べ終わって勘定を聞くとなんと一両二分。客が文句を言うと、茶は玉露《ぎょくろ》、水は玉《たま》川《がわ》まで早飛脚で汲みにいかせたと答えたという。

「父も同じように煮物碗にびっくりするほど高価な値をつけました。そういう店を面白がるお客様もいらっしゃるのです。流行りの話題になっている店に行きたいという方もいらっしゃいます。おもてなしだから、高いほどいいという方も」

高い値を取るために、ことさらにめずらしい材料を使った手の込んだ料理を出すようになった。

「九蔵さんは反対でした。脂ののった旬の魚なら、ひと塩ふっただけで自然にいいうまみが出るのに、走りの若い、やせた味ではそれができない。無駄に包丁を入れた、こねくり回した料理だと腹を立てていたそうです。店を辞めたいと言いだしたのは、染井様の一件があった後だったと聞きます」

そんなことがあったのか。

お高とお栄は顔を見合わせた。

「私の代になりましてからは、以前ほど走りのもの、めずらしいものに重きをおいてはおりません。けれど、やはり、こういう店ですから、ある程度はほかにない、面白いものをと思うのですよ」

おりょうは笑みを浮かべた。花が咲いたような気がした。

「今日、こちらにうかがって、こういう世界もあるのだと初めて知りました。なんと自分は世間知らずだったかと恥じました」

お高は言った。

「まぁ、そんなことはありませんよ。丸九さんのお名前は私もうかがっています。よい店だとほめている方も多いのですよ」

「先日、板長の富五郎さんが私のところにいらしたとき、私が自分のことを料理人だと言ったら笑われました」

「富五郎が？」

ふっとおりょうの眉根が寄った。

「あの男がお宅にうかがいましたか？　英の板長と言いましたか？」

「ええ」

お高の返事におりょうは目を伏せた。息を整えると顔を上げた。

「ここにはもう富五郎はおりません。昨年、仔細《しさい》あって辞めてもらいました。こちらとはもう関係がありません」

「富五郎さんは板長ではないのですか？」

お高はもう一度、たずねた。

お栄とお近が顔を見合わせている。

「はい。その通りです。今度あの男がお邪魔しても、話を聞く必要はございませんから」

きっぱりとした言い方をした。それで大方のことは分かった。

いい板前がいるとか、店のやり方を大きく変えたほうがいいと言ったのは、耳当たりのいいことを言って取り入ろうとしたのか。

女だから、甘く見られたのか。

お高は大きなため息をついた。

「やっぱりね。おかしいと思ったんだ。突然やって来て、儲け話のようなことを言うから」

お栄が言った。

「そうだよ。お高さんが断ったら手の平を返したように、意地の悪いことを言った。ひどいよ。料理人とは言えないなんてさ」

お近も憤慨した。

おりょうはふたりの言葉を静かに聞いていた。

「お客様の悔しいお気持ち、よく分かります。私も父の亡き後、この店を仕切っておりますから。いろいろな方がいらっしゃいます。そうして、あれこれとおっしゃいます。親切めいた言葉ほど、危のうございます。でも、もう、お忘れください。私からもお願いいたします」

お高が顔を上げると、おりょうと目が合った。

穏やかな目をしていた。

気がつけば日はとっくに落ちて、窓の外は庭の木々が黒い影をつくっていた。

「駕籠を呼びましょう。少々お待ちくださいませ」

おりょうは席を立った。

帰り支度をしていると、御手水《おちょうず》に行ったお近があわてたように部屋に戻って来た。

「大変、大変」

「なんだよ、騒がしい」

お栄がたしなめた。

「廊下に作太郎さんの皿がある」

「そんなわけないだろ」

お栄の言葉にお近が顔を赤くして反論した。

「ほんとだってば、廊下のつきあたりに棚があって、そこに飾ってある。お高さんの茶碗と色や感じがそっくりだったから、裏を見たら『作』って入っていた」

お高の腰が思わず浮いた。

それで三人でその場所に行った。

飾り棚にその皿はあった。遠くからでも、お高は分かった。少し厚手で大きさは九寸（約二十七センチメートル）ほどの平皿である。白い土で薄青い釉《うわぐすり》がかかっている。

お高がもらった茶碗と風合いがそっくりだった。

そっと手に取って裏を返した。小さく作の字が押されていた。

「ね、そうでしょ。あたし、どっかで見たことがあるような気がした。それで、裏を見たら『作』って入っていた」

「たしかに作太郎さんのお皿ね」

でも、どうしてここにあるのだろう。

通りがかった仲居が教えてくれた。

「きれいな皿でしょう？　ある方がおかみに送ってくださったんですよ」

「それはどんな方なんですか？　もしかして、その方が焼いているとか？」

お栄がすかさずたずねた。

「あ、いえいえ。私は詳しいことは知りませんので」

仲居は差しさわりのないことを言って去っていった。

「ですってさ」

お栄がちらりとお高の顔を見る。

お高は自分でも顔が強張《こわば》っているのが分かった。

自分だけに特別に送ってもらったと思っているほど、自惚《うぬぼ》れてはいない。

けれど、ほかの場所ならともかく、どうしてこの英にあるのか。

なにか心に黒い雲がかかったような気がする。

「ま、でも、ほら、焼き物のことはよく分からないけれど、一度にいくつも焼くわけだから」

なぐさめるような言い方をした。

だからなんだというのだ。ここに皿があっても仕方ないということか。

黒い雲はもくもくとわきあがってお高の心を占めた。

「私は皿をもらうより、茶碗のほうがうれしいな。あの茶碗はお高さんの手にぴったりだったもの。お高さんのことを考えてつくってくれたんだよ」

お近が言う。

じゃあ、この皿は誰のことを考えて焼いたのだ。

どろどろと雷が轟《とどろ》いて、今にも激しい雨が降りそうな気がする。

「あっ」

突然、黒い雲の正体が分かった。——嫉妬《しっと》だ。

おりょうの顔が浮かんだ。

自分は何を自惚れていたのだろう。世間知らずにもほどがある。帰りの駕籠の中でお高は固くこぶしを握っていた。

翌朝、政次がのんきな顔をして丸九にやって来た。膳を運んできたお高の顔を見ると、にやにや笑ってたずねた。

「おい、英はどうだった？　さすがにうまかっただろう」

「おかげさまで。本物の板前料理でした。命の洗濯をさせてもらいました」

「な？　今の板長は腕がいいって評判なんだ」

「ねぇ」

お高は政次の袖《そで》を引っ張った。

「知ってて、私をあの店に行かせた？」

「なんのことだよ」

政次はそらっとぼけた。

「廊下にあった作太郎さんのお皿のこと」

「そんなもんがあったんだ」

「お近が見つけてきた。私の茶碗とそっくりなお皿があるって」

「ふん」

政次は鼻を鳴らした。

「あの店は風流人が集まるんで有名なんだ。料理もだけど、あのおかみのもてなしがいいんだ。俳諧《はいかい》に戯作者《げさくしゃ》に絵師に役者、大御所から今評判の売れっ子まで、なんだかんだ言って集まって句会を開いたり、茶を飲んだり、絵を描いたりしている」

「その仲間に作太郎さんがいるってこと？」

「らしいよ。あの年でそういうお仲間に入れてもらうってのはよっぽどだよなぁ。金だってかかるし。後ろに誰かいるのかなぁ」

お高の顔をちらりと見た。

「あいつ、本当は何者なんだ？」

言葉に詰まった。

「心配しているんだ。悪いことは言わねぇ。深入りしねぇほうがいい。また、前みたいに……」

言いかけて黙った。

「前みたいに、何？」

お高の声がとがった。

「いらっしゃいませ」

お近の声で振り向くと、徳兵衛と惣衛門、お蔦の三人が入って来るところだった。

「今日も暑いねぇ」

徳兵衛が言った。

「もう、暑くて何にも食べたくないと思うんだけど、なんででしょうねぇ。ここに来るとお腹がすきますよ」

惣衛門も続ける。

「冷たい甘味が食べたいわ。今日は何があるの？」

お蔦がたずねた。

「今日は冷やし汁粉《しるこ》です。おいしいですよ」

お高は店の顔になった。

第二話　何を見ている鰈《かれい》と平目

一

このところ、お高は三日とあげずに双鷗《そうおう》画塾《がじゅく》に手伝いに行っている。

秋作が困った顔をしてやってきて「この前と同じようにつくってみたのですが、うまくいきません」とか、「ご飯が大変なことになってしまいました」とか訴えるのだ。それがちょうど、丸九が店じまいしてひと息ついている時刻である。

お高は頼まれるままに腰をあげ、あれこれ面倒を見てやっている。

「そうやってお高さんが手を貸すから、あの子は覚えないんですよ。少しほっておいたほうがいいですよ」

お栄が渋い顔をする。

「そうそう。あの子はお高さんに頼めばなんとかなると思っている。図々《ずうずう》しいんだよ」

お近も手厳しい。

たしかに秋作は少なからず調子のいいところがある。けれど、今まで包丁に触ったこともなかったのだ。「いろは」の「い」の字も知らないのだから、できなくて当たり前。ここでほっぽり出したら、料理をあきらめてしまうかもしれない。

「せっかくはじめたことだから、もう少し手助けしてあげたいのよ」

正直いって、朝から動きづめでゆっくり休みたいと思うときもある。けれど、秋作の情けない顔を見ると、やっぱり手を貸してやらなければと思うのだ。

その日はご飯に芯《しん》があって、鰯《いわし》の梅干し煮は焦《こ》げて下のほうは黒くなっていた。

「ご飯は水加減をしなかったの？」

「この前、水が多くてやわらかかったので少し減らしたんです。茶碗《ちゃわん》半分ほど」

「三合しか炊かないんだから、いっぺんにそんなに減らしたらだめよ」

秋作は肩を落とす。

台所の隅でお豊がすまなそうな顔をしていた。

「いつも申し訳ないですね。こっちも忙しくて秋作さんのことまで手が回らないんですよ」

「そうですよね。かえって仕事が増えちゃいますよね」

考えてみればお豊も気の毒なのだ。勝手のわからない男がうろうろしていたら、仕事がやりにくくてしょうがないだろう。

芯のあるご飯は酒をふって炊き直すことにした。

「なんとかなりそうよ」

お高が言うと、秋作はほっとしたような顔になった。

「鰯はどうですか？」

「こっちはちょっとねぇ。全体に焦げの臭いがついちゃったもの」

「はぁ」

秋作はため息をつく。

「鍋《なべ》を火にかけたところで先輩に呼ばれて、その間にこんなふうになっちゃったんですよ」

「そういうときは、鍋を火からおろすの。料理している間は目を離しちゃだめだって言ったでしょ」

「まだ、鰯はありますから、つくり直します」

秋作は簡単に言った。

「つくり直せばいいってもんじゃないの」

お高はつい強い調子になった。鍋の中の無残な姿を見てお高は悲しい気持ちになった。

この鰯は今朝まで生きて、海で泳いでいた。その命をいただいているのだ。おいしく料理しなかったら、鰯に申し訳ない。

「あのね、秋作さんは先生においしいものを食べてもらいたいんでしょ。だったら、もう少し、心をこめてほしいの。ご飯に芯があったのも、焦がしてしまったのも、少し注意すれば防げた失敗でしょ」

「そうなんですけど、いろいろあって、つい……」

秋作はもそもそと小さな声で言い訳をした。

お高はいらだった。

「ねぇ、秋作さんは料理人になるわけじゃなくて、絵描《えか》きさんになりたいんでしょ。今のやり方じゃあ、おいしいものもできないし、絵を描くことにも役に立たないわ。双鷗先生は、料理するのは見る力を養うのに役立つとおっしゃったけれど、その『見る』っていうのを、どういうふうに考えている？」

秋作は困ったように首を傾《かし》げた。

「私はね、ただ漫然とながめることじゃなくて、よく見て考えろということだと思ったわ。どうして水加減をするのか、どういう火の入れ方をすれば味がしみるのか、ひとつひとつの手順の意味を考えることが、先生のおっしゃる『見る』ことにつながるんじゃないのかしら」

秋作の頬がふくれた。

——分かったような顔をするな。あんたにそこまで言われたくない。

そう顔に書いてある。

生意気盛りの若い男は年上の女に偉そうに説教されるのは大っ嫌いなのだ。頭ごなしに叱《しか》るのではなく、もう少し言い方を考えればよかった。そう思ったが、後の祭りだ。

気まずい間が空いた。

言いすぎた。

こんなふうに言うつもりではなかった。

「いいじゃないですか。この鰯はみんなのお菜《さい》にしたら。そりゃあ、丸九さんのお客さんなら文句を言うだろうけど、塾生たちなら大丈夫。もう、腹に入るものならなぁんだって喜んで食べるんだから」

お豊が陽気な声をあげた。

お高はその言葉に落胆した。

自分は腹に入るものなら何でも喜んで食べる男に料理を教えているのか。それでは、おいしいもまずいもない、ではないか。

お高は肩を落とした。

「ははは」

笑い声がしたと思ったら、がらりと引き戸が開いた。

振り返ったお高は息を飲んだ。作太郎が立っていたのだ。相変わらず日に焼けて顔は浅黒く、黒い瞳をしている。町人髷《まげ》を結《ゆ》って細い縞《しま》の着物を着て、やせているが、力のありそうな体つきをしていた。

途端に秋作はしまったという顔になった。

「おい、秋作。お願いしてわざわざ来てもらっているんだろ。だったら言われたことをちゃんと守れ。一所懸命、心をこめて料理をしろ。お前の様子にそういう真心が見えないから、みんなに、ごますりだの、点数稼ぎだのって陰口をきかれるんだぞ」

秋作は恨めしそうな顔で作太郎を見た。

「いつから聞いていたんですか？」

お高も頰《ほお》をそめた。

「通りかかったら、お高さんの声が聞こえた。すぐ入って行こうかと思ったんだけど、なんだか、面白いやりとりをしていたから思わず聞き入ってしまった」

作太郎はまた、大きな声で笑った。

笑うと目じりにしわが寄った。それは年寄りのような疲れたしわではなく、清潔な感じがした。

「じゃあ、もう一度、つくりましょうか」

お高は新しい鰯を取り出して、手開きをはじめた。

「江戸にはいつ戻っていらしたんですか？」

お高は肩越しに作太郎にたずねた。

「今日ですよ。まっすぐこちらに来て双鷗先生に挨拶《あいさつ》をした。こっちの仕事が溜《た》まっているから頼むと言われました」

「じゃあ、今度はしばらくこちらにいらっしゃるんですね」

我ながら声が華やいでいる。

「そうですね。だから、当分、丸九のご飯が食べられる」

「あら。お世辞でもうれしいです」

「お世辞じゃないですよ。江戸に帰る途中、丸九の料理のことをずっと考えていた。今日の献立《こんだて》は何だろう。鰯かな、鯵《あじ》かなって。それを考えると、足が前に進む」

「ふふ」

お高は笑った。

秋作の口元もほころんだ。

お豊が声をあげて笑った。

どうしてだろう。作太郎が加わると、座が明るくなる。みんなが楽しい気持ちになるのだ。

「さぁ、おいしく煮あがった」

鰯の梅煮を皿に盛りつけた。芯がなくなったご飯もよそい、お豊がつくった汁と漬物を添えた。

「じゃあ、先生のところにいってまいります」

秋作は元気よく、出て行った。

作太郎は急にいたずらっぽい目になった。

「お高さん、今度、噺《はなし》を聞きに行きませんか？」

「落語ですか？」

「そう。知り合いが小さな小屋をかけた。前から来てくれと言われていたんですよ」

「いいですね。落語を聞きに行くのは初めてです」

「それはよかった。楽しいですよ」

作太郎は白い歯を見せて笑った。気持ちのいい笑顔だった。

政次が言ったことなど、とっくに頭から消えていた。

うきうきと心が浮き立ってきた。

「荷物があるんでしょう。送っていきます」

作太郎は言った。

二

夏は鰈《かれい》の旬《しゅん》である。冬から春の子持ち鰈もおいしいけれど、夏もいい。

「やっぱり煮物かしら」

お高は魚屋が持ってきた鰈をながめてつぶやいた。

背中は枯れ葉色で腹は雪のように白い。十寸（約三十センチメートル）ほどもある大きなものばかりで、朝の光を浴びて背を光らせている。

「いいですねぇ、煮物。生姜《しょうが》を利かせて、醬油《しょうゆ》と砂糖で甘辛くこっくり煮てね。中の身は真っ白で、箸《はし》をいれるとほろっとくずれる。汁までおいしい。ご飯に合いますよ」

お栄がうっとりとした目をした。

「えっと、これは鰈？　平目《ひらめ》じゃないわよね」

お近が指さしてたずねた。

「そうだよ。左平目《ひだりひらめ》に右鰈《みぎかれい》って言うんだ。平目と鰈じゃ目のつき方が逆なんだ」

お栄が答える。

「面白いねぇ。どうして、そんなふうになっちゃったんだろうね。誰かがそんなふうに決めたのかなぁ」

お近は首を傾げる。

「平目と鰈が自分たちで相談して決めたんじゃないのかい？　同じじゃ区別がつかなくなるから」

お栄が米を計りながら答える。

「そうだねぇ、きっと。だけど、目の方向が逆だったら、平目と鰈は同じものを見ても違うように見えるよね」

お近はねぎの外の皮をむきながら言う。

「どういうこと？」

お高はたずねた。

「だって、右から見たときと、左から見たときでは違う景色が見える。向かいの店も右から見ると立派できれいだけど、左から見ると物置があってごちゃごちゃしている」

「わかったわ。ものには裏と表があるからね。雨降りで喜ぶのは傘屋で、花火師はがっかり」

お高はお近の言葉に納得した。

「なるほど、なるほど。雨が降ると、大工は仕事が休みで朝からお酒が飲めるからうれしいけど、おかみさんは給金が減るからうらめしい」

お栄が言った。それで三人は笑った。

人も同じだ。同じ人でも違って見える。

たとえば作太郎。

お高の目に映る作太郎は気持ちのいい、好ましい男だけれど、政次の目に映る作太郎は違うらしい。

いったい政次は作太郎のどこを見ているのだろう。

二日前、お高は作太郎と落語を聞きに行った。

古いそば屋を直したそうで、丸九よりもまだ狭い。お客は十五人ほど。みんな顔見知りらしい。最初に若い人がしゃべって、その次に中年の噺家《はなしか》が出て来た。

細くてやせていて、まじめそうな感じがする。どこか商店の奥の方で算盤《そろばん》をはじいていそうだ。道で会ったら噺家とは思わないだろう。

だが、その人がまじめな顔でおかしなことを言う。

お高はよく笑った。隣の作太郎も同じところで笑う。

それで作太郎をよけい近くに感じた。

でも、ひとつだけ分からないところがあった。

下げのところだ。ほかのお客は笑ったが、お高は意味が分からなくて一人でぽかんとした。それがのどに引っかかっているようで、なんだか、もやもやする。

帰り道でお高は言った。

「『青菜』っていう話ですけど」

「ああ、青菜に鯉《こい》の洗い、鰯の塩焼き……。食べ物がたくさん出てくる噺ですね。もとは上方《かみがた》落語らしいですよ」

作太郎は答えた。

すました顔である。

どうやらお高が笑わなかったことに気づいているらしい。

植木屋が屋敷の庭で仕事をしていると、主《あるじ》に酒を誘われた。酒好きの植木屋はいい酒をごちそうになり、すっかり気分が良くなっている。

「時におまえさん、菜《さい》をおあがりかい」

「へい、大好物で」

ところが、次の間から女房が言う。

「旦那様、鞍馬山《くらまやま》から牛若丸《うしわかまる》が出まして、名を九郎判官《くろうほうがん》」

すると旦那が答える。

「義経《よしつね》にしておきな」

これは洒落《しゃれ》で、菜は食べてしまってないから「菜は食らう（九郎）」、「それならよしとけ（義経）」というわけ。客に失礼がないようにするための、隠し言葉だという。

風流なことだと感激した植木屋は、さっそく家にもどってやってみたくなる。折よく友人がやって来る。おかしなやりとりがあって、最後のところ。

女房が言う。

「旦那様、鞍馬山から牛若丸が出まして、その名を九郎判官義経」

先まで言われて亭主は言うことがなくなった。

苦し紛《まぎ》れに答える。

「うーん、弁慶《べんけい》にしておけ」

ここでみんな笑った。どういう意味だろう。

下げを説明してもらうのは、野暮《やぼ》だ。

それぐらいお高も分かっている。

だけど、気になる。

「ああ、嫌になっちゃう」

思わずひとり言が出た。

青味を帯びた夏の夜空に星が瞬《またた》いている。涼しい風が頰をなでた。

「弁慶がですか?」

「え、分かりました?」

「あのとき、お高さんは笑わなかった。ぽかんとしていた」

「だって、意味が分からなかったから」

「でも、まだ気になるんですね」

「そうなんです。さっきからずうっと考えています」

「まじめな人なんだな」

「どうせ私は楷書《かいしょ》ですから。きちきち角が立っているんです」

「知っています。料理を食べれば分かります」

見抜かれている。お高は苦笑した。

惣衛門は父の九蔵の料理は草書《そうしょ》だと評した。名人が肩の力を抜いてさらさらっとつくった感じがする。お高の料理はまじめで一所懸命な楷書だ。きちんとしているけれど、面白味がない。

なぜかそのとき、英《はなぶさ》のおかみのりょうの顔が浮かんだ。廊下に飾られていた作太郎の皿といっしょに。

あの人は草書だ。

それも細筆で書いた女文字。

紙にも香が炷《た》き込めてありそうな気がする。

――女はさ、触れなば落ちんってところがないとさ。

徳兵衛の声が聞こえた。

それで足が止まった。

「立ち往生ですよ」

「えっ？」

「だから弁慶の立ち往生。『青菜』の下げです。言うことがなくなって、立ち往生したって意味です」

「あは――」

笑いにならなかった。

「だから下げは説明してもらってもつまらないんですよ」

「そうですね」

「でも、楷書のお高さん。いいじゃないですか。あなたらしいです」

「そうでしょうか」

作太郎はにっこりと笑った。

お高の胸の奥がぽっと温かくなった。

「ぼんやりして。何を考えているんですか」

お栄の言葉で我に返った。まな板の上に濃茶色《こいちゃいろ》の鰈の背が見えた。

「忙しいんだから、ちゃっちゃっとやってもらわないと間に合わないよ」

いつも言われていることをお近が、ここぞと言う。

「すみませんねぇ」

お高は答えた。

「今日も、作太郎さんは来るんでしょう？」

お近がたずねる。

「毎日、来てますものねぇ」

だが、ひとりで来ることはあまりない。昨日は友人のもへじと一緒だった。その前も双鷗画塾の人がいた。

急いで食べて、あわただしく席を立つ。

忙しいのだろう。

もう少し話ができればいいのに。仕事のことでも、仲間の噂《うわさ》でも何でもいい。作太郎の声が聞きたい。だが、するりと抜けて去っていく。

なんだかもどかしい。

その日、作太郎は昼過ぎてお客もまばらになったころ、双鷗といっしょにやって来た。

「先生がね、暑いから家を出たくないなんて言うから、引っ張り出してきましたよ。少しは外を歩いたほうが体にいいんです」

「分かっています。分かっている。だけどね、この時刻は日陰が全然ないから」

双鷗が渋い顔をした。

夏の日差しに照らされた顔は赤く、ふうふう言っている。

作太郎は額に汗を浮かべているが、涼しげな様子だ。

「汗をかかないから暑いんですよ」

そう言いながら、井戸で冷やした麦茶をおいしそうに飲む。向かいの双鷗は少しずつ口に含むように飲んでいる。

「今日の献立は鰈の煮つけにれんこんとじゃこの梅和《うめあ》え、あおさと豆腐のみそ汁にぬか漬け、甘味《かんみ》は冷やし汁粉《しるこ》です」

お高が言うと、「うまそうだ」と作太郎がうなずく。

「たしかに。だけど、ご飯を半分にしてください。このごろはね、一日一食なんですよ。朝も昼もお茶だけ。夜もたくさんは食べられない。毎年夏はそうなんです」

もともとやせている双鷗だが、ついこの間会ったときより、さらに顔が小さくなっている。

「それでは、お辛《つら》いでしょう?」

お高は気の毒になってたずねた。

「気力が続かないから無理にでも食べなくちゃとは思うんですけれどね。でも、おかげさまでお高さんがときどき来てくださっているから、今年は少しはいいんです。秋作が手間をかけて申し訳ないですが」

頭を下げた。

鰈は生姜をきかせ、甘辛醬油味を含めてある。今日の鰈は肉厚でやわらかい。濃茶の皮をはぐと中の身は白く、透き通るようだ。魚好きはぬめりのあるえらのほうがうまいという。

れんこんはさっと湯通しして、たたいた梅干と和えている。さくさくとした歯ごたえがあってちょっとすっぱい。暑さで体がだるいときには、梅のすっぱさでしゃんとする。

「こちらのおこうこは、いつもおいしい。漬かり具合がちょうどいい」

双鷗が感心したように言う。

「父の代から使いつづけているぬか床ですから」

お高はうれしくなって答えた。

厨房《ちゅうぼう》の隅の涼しい場所においた漬《つ》け樽《だる》にいれたぬか床は、お高が毎日二の腕まで入れてかきまぜている。月に一度新しいぬかを炒《い》って加え、使うごとに蓋《ふた》もへりも布巾《ふきん》できれいにぬぐう。

夏場は、前の晩、お高が寝る前になすやきゅうりを入れると、朝、ちょうどいい具合に漬かっている。取り出したときに、昼からのお客用に新しいなすときゅうりを漬けるのだ。

双鷗は鰈も汁もきれいに食べた。

ご飯がひと口残っている。

「おこうこがお好きなら、古漬けを出しましょうか？　きざんで削り節と混ぜて醬油をかけてご飯にのせるとおいしいですよ」

お高が言うと、双鷗はうれしそうにうなずいた。

「子供のころ、母親がつくってくれてよく食べましたよ」

お高が持って行くと、目を細めた。箸《はし》の先で少しつまんでご飯にのせると、おいしそうに食べた。

横で見ている作太郎がうらやましそうな顔をするので、お高は小皿にのせて持って行った。作太郎はご飯にのせてかき込み、「うまい」と叫んだ。

「どうして、今までこういうものを出してくれなかったんですか？　これなら、飯がもう一杯はいける」

「これは女たちが簡単に昼をすませるときに食べるようなもので、売り物じゃないんですよ」

お高は困って答えた。

「なんだ、そういうもんがあるなら俺も欲しいなぁ」

「古漬けはうまいよ」

あちこちから声があがる。

結局、みんなに古漬けを出した。

ご飯のお代わりもたくさん出て、店はひとしきりにぎやかになった。お高はみんなが満足そうな顔になったので、幸せな気持ちだった。

三

店をしめて片づけをしていると、政次がやって来た。

「仕出しを頼まれてくれねぇかなぁ。国造《くにぞう》親方の新築祝いなんだ」

国造は仲買人《なかがいにん》仲間の長老である。六十歳を過ぎてもまだ現役で、若い者に檄《げき》をとばす。

その国造の一人娘が嫁に行き、女房と二人になったので家を新築した。

「檜《ひのき》造りの家に住みたかったんだってさ。図面も自分でひいて思い描いた通りの家を建てた。それで、明日の夜、みんなで集まって祝いをするんだ。そのときの料理を丸九に頼みたいって」

「うちは一膳《いちぜん》めし屋よ。仕出し屋なら別にあるでしょう?」

国造は九蔵がいた時分から丸九に食べに来てくれているが、よそ様の仕事を荒らすようなまねはしたくない。

「いや、だからさ、弁当にしなくていいんだよ。いつもの料理でいいんだ」

「うちは焼き魚か煮魚におかずがひとつ、あとは汁と漬物。それにご飯と小さな甘味よ。新築祝いならもう少しおかずが欲しいでしょ」

「かまぼことか玉子焼きなら、ほかのやつが買ってくることになっている。だから、それで十分。皿もこっちで用意するから、盛り付けてくれればいいよ。若い者に運ばせる。そうだなぁ、魚は鰈がいいか」

「今日が鰈の煮つけだったのよ」

「知っているよ。あれなら毎日でもいい。あとはきゅうりとたこの酢の物で、汁はまかせる。甘味は杏《あんず》の甘く煮たやつな」

「ちょっと、勝手にどんどん決めないでよ」

「だけどさあ、丸九さんに頼みたいってみんなも言うしさ、俺も、つい、まかしとけって言っちまったんだ」

安請け合いをしたわけだ。

「それを何人前用意すればいいの？」

「十五人だな。夕方に取りに来るから。勘定《かんじょう》もそのときに。気持ちばかりだけど、のせるから」

「わかりました。明日ね」

結局押し切られてしまった。

翌日、昼過ぎに店をしめてから料理にとりかかった。

手間のかかるものではないし、十五人前の煮物なら鍋ひとつである。

すっかり日が暮れてから政次に頼まれたと言って、若い男がふたり来た。

「いやあ、すみません。もっと早く来ようと思ったんですけど、なにしろ手がなくて大変なんですよ」

「部屋が片づかないの？」

「いや、男手はたくさんあるから箪笥《たんす》とか長持《ながもち》は、もうすっかり収めたんですけどね。女手が国造のおかみさんひとりだから」

「手伝いの人は来ないの？」

仲買人仲間のおかみさんたちが手伝うのが習いのはずだ。

「女中がいるから大丈夫って言われてたんだけど、その人は姉さんのお産の手伝いで郷《さと》に帰ってしまったとかで」

「分かったわ。とりあえず、一緒に行くから」

お高が言うと、お栄も「お高さんひとりじゃ大変だ」とついて来るという。その横で、お近が困った顔をしていた。

「いいわよ。早く帰りたいんでしょ」

お高が言うと、こくんとうなずいて帰って行った。

人形町《にんぎょうちょう》にある国造の新しい家は、広くて風流な家だった。ふた間の間の襖《ふすま》をはずすと、十五人がゆったりと座れる広さがあり、石灯籠《いしどうろう》をおいた庭がながめられる。

その座敷ではすでに男たちは座って酒を酌み交わしていた。

裏にまわると、国造の女房のお節《せつ》がひとりで働いている。

「今、料理は器《うつわ》に移しますから」

お高が声をかけると、お節はほっとした顔になった。

色白のふっくらとした顔にちんまりとした目鼻がついている。どうみても国造より十五は若い。

そういえば、国造が後添《のちぞ》いをもらったという話を聞いたような気がする。家を新築したのは、そういうわけか。

ちらりとお栄の顔を見ると、お栄も目交《めま》ぜを返す。

一夜干しのいかを軽くあぶった。一夜干しといっても、朝届いたいかをさばいて、干したものだ。肉の厚い胴の部分はほどよく水気が抜けてうまみが増している。七輪《しちりん》で軽くあぶってほんのり赤味が差したところに醤油をふる。じゅわっという音とともに香りがたつ。

皿に盛りつけたら七味をたっぷりと。

げそは醤油とみりんに漬けてある。汁気をふいて片栗粉《かたくりこ》をまぶして、菜種油でからりと揚げる。あとは瓜《うり》の酢の物とお節たちが用意したかまぼこと玉子焼き。これで立派なお膳になった。

宴《うたげ》が終わり近くなったら、ご飯と汁を用意すればいい。案外、男たちにも喜ばれるのが杏の甘煮《あまに》である。

それにしても政次も結構な酒好きだが、国造一派はさらに輪をかけて酒好きで強かった。

宴が進むにつれて、乾き物がほしいだの、きゅうりのおこうこが食べたいだのあれこれ注文が出る。

そのたびお節があたふたする。

お栄とお高のふたりで酒の燗《かん》をつけながら、戸棚の奥からえいひれやかわはぎの干物を探し出して七輪であぶる。空いた皿を下げて洗い、また燗をつけとやっているうちに、時間が過ぎていく。

結局、寄り合いが引けるまでつきあってしまった。片づけをしていると、酒で顔を赤くした政次が顔を出した。

「なんか、すっかりやってもらっちゃったなぁ。悪いねぇ」

「こんなことじゃないかと思ってましたよ」

お栄が答えた。

「この借りはきっちり、返してもらいますから」

お高が冗談めかしてにらんだ。


翌日の昼遅く、政次は丸九にやって来た。

お客が少なくなったとき、ふらりと厨房に顔を出した。

「昨日はありがとう。すまなかったな」と言う。

「いいえ。どういたしまして」

お高は答えた。

政次は何か言いたそうにしていた。

「なあに、話があるの？」

「いや、家に帰って女房にお高ちゃんにすっかり頼ってしまったと言ったら、そういうことならどうしてすぐに教えてくれなかったと文句を言われた。おかみさんたちに声をかけて手伝いに行ったのにってさ」

おやおや。

お高は政次の女房のお咲《さき》の、お盆のような丸い顔と働き者らしい肉づきのいい肩や腰を思い出しながら苦笑した。

政次はお高と同じ二十九歳。十年前に父の跡を継いで仲買人となって、今は若手を仕切る面倒見のいい兄貴分の様相をしている。

お咲は二十三歳だ。

五年前、十八で政次といっしょになって、四歳の勘太《かんた》と三歳の次助《じすけ》のふたりの息子がいる。

「考えてみればそうなんだよ。悪いことしちゃったよ」

「そうねぇ。いつもならみんなして手伝いに来るのに、変だなとは思ったんだけど。お節さんとおかみさんたちとは何かあるの？」

「いや、ないよ。ぜんぜん、そんなことはない」

政次はあわてて手をふった。

「ただ、ほら、後添いさんだからさ。俺たちともつきあいが浅いし遠慮したんだろ。料理は全部、どこかにお願いして、酒の準備をするだけだからって言われてさ」

「でも、もう、終わったことだからいいわよ」

お高はあっさりと答えた。

政次はまだ、なにか言いたそうにしている。

「いやあねぇ。何か、まだあるの？　言いたいことがあるなら、早く言ってよ」

「うん」

相変わらず政次は歯切れが悪い。

「奥方は困ったときに自分じゃなくて、お高さんに頼ったことで気を悪くしているんじゃあないですか？」

鍋の底をさらっていたお栄が首だけ振り向いて言った。

図星だったらしい。政次の顔が赤くなった。

「そう。そうなんだよ。なんで、いつもお高さんなんだって。汐見大黒《しおみだいこく》のときだって、お高さんと一緒にあちこち行ったって」

なでると病が治ると伝わる大黒様を隣町から返してもらう算段をしたときのことだ。

「だって、あれは……」

相手が昔なじみの、いや、正しくは子供のころからのけんか相手で、お高もよく知る長八《ちょうはち》だったからだ。

「それから、まだあるんだろ」

お栄が面白そうな顔で先をうながす。

お近も仕事の手を止めて聞き耳を立てている。

「ほら、長谷勝《はせかつ》の手代《てだい》から豆腐《とうふ》が傷《いた》んでいたと文句をつけられたときさ」

政次が間に入ると言いだして、ふたりで長谷勝のお寅《とら》のところに頭を下げにいった。のちにそれは長谷勝の手代が嘘《うそ》をついていたことが分かったが。

「でさ、あいつが言うには、俺はお高ちゃんのことばかり気にしているって言うんだ」

「なあんだ、焼きもちじゃないの」

お近が言った。

「ごちそうさま。惚《ほ》れられているんだねぇ」

お栄が笑って頭を下げた。

お高は頰をふくらませた。亭主持ちではないから夫婦の心の機微《きび》は分からない。そういう内々のことは、ふたりで解決してほしい。なにも、わざわざ自分に告げることはないではないか。

「じゃあ、どうしろっていうの？」

つい声が高くなる。

「いや、それだけのことなんだけどさ」

政次は困った顔で厨房を出て行った。

「ねぇねぇ」

お咲は薄い布団にくるまった政次に体を寄せた。

「もう、暑いんだからそんなにくっつくなよ」

「いいじゃない。こうしていたいんだから」

わざと胸や腰を押し付ける。

布団の端から子供たちの寝息が聞こえる。

嫌そうにするけれど、お咲は政次が喜んでいるのを知っている。政次の体は熱い。赤い血がたぎって全身をめぐっているのか、指の先も熱を持っている。

お咲は愛嬌《あいきょう》のある顔立ちをしている。お盆のような丸い平らな顔に、小さな目鼻がついていて笑うと目が糸のように細くなる。肌はすべすべしてやわらかく、白い。胸もお尻《しり》もふともも、むっちりと肉がついている。

政次は固い肉のついた太い腕でお咲の腰に手を伸ばす。

お咲はするりと政次の腕の中にもぐりこむ。

男の匂《にお》いに包まれて、お咲は頭がくらくらしてしまう。

お咲は政次のことが好きだ。初めて顔を見たときから好きだと思った。いっしょに暮らすようになってから、もっと好きになった。

「なんで？　もう子供がふたりもいるのに。おかしいよ」

そう言うと仲良しのお光《みつ》は笑う。

旦那に熱をあげるのは最初のうちだけで、子供が生まれるとそれどころじゃないという。

「だって好きなんだもん、しょうがないじゃない」

お咲は答える。

政次はやさしい。よく気が回る。勘太と次助のふたりの息子もかわいがる。そしてなにより頼りになる。

お咲の家は貧乏で両親はいさかいが絶えなかった。十三のとき漬物屋に奉公に出た。真冬に白菜を洗ったり、大根を漬けたりする仕事は辛かったが、お咲は手を抜かず、まじめに働いていたので店の者たちにかわいがられた。

だからだろう。十八のとき、主人が話を持ってきた。

「仲買人をしている男だが、どうだ？　稼ぎはあるらしいぞ。先方は器量はともかく、働き者がいいと言っている」

「器量はともかく」と面と向かって言われて、お咲は少し傷ついた。だが、事実は事実だ。愛嬌があると言われたことはあるが、器量よしと言われたことはない。

下駄屋《げたや》に奉公に出た姉は店の職人と所帯を持っている。老いた両親は大工をしている兄夫婦が見ている。

だからお咲は自分のことだけを考えればよかった。

いい話だと姉と兄も話を後押ししてくれた。

いっしょになって驚いたのは、姑《しゅうとめ》のお甲《こう》が始末屋《しまつや》なことだ。

とくに食べ物について厳しい。それも女だけ。

まだ生きていた舅《しゅうと》と政次には刺身がつくが、お甲とお咲は野菜とちくわの煮物。いなりずしかと思ったら、油揚げにおからが詰まっていたことがあった。

せめてご飯をと思うが、お代わりをしようとするとお甲がじろりとにらむ。

それでも舅や政次がいっしょの朝飯や夕飯はまだましだ。

お甲とお咲のふたりだけの昼は、前の晩や朝の残り物なので猫のご飯みたいになっている。奉公先の昼のほうがまだましだった。

舅が亡くなった年、勘太を授かった。

お腹《なか》の子供が欲しがるのか、腹がすく。それは、もう苦しいほどだ。

もう少し食べたいと訴えたら、「あたしは悪阻《つわり》がひどくて、ろくに食べられなかったけれど、あんたは丈夫だねぇ」と嫌みを言われた。

我慢できなくなってお咲は政次に言った。告げ口するようで嫌だったけれど、本当にもう、辛くて苦しくて泣きたいほどだったのだ。

政次は驚いた。

全然気づいていなかったと言った。

朝も昼もいっしょにお膳に向かっていたのに、どこを見ていたのだ。

少しがっかりした。

けれど次の朝、政次はお甲にちゃんと意見した。

お甲は怒った。

「今までずっとそうやってきたんだ。家の中のことはあたしが裁量《さいりょう》する。指図しないでくれ」

男は道楽者で家に金を入れなかった。だからお甲はそんなふうに自分たちの食べ物を切り詰めるしかなかったのだ。

「ちゃんと金を入れているだろ。だから、もう心配しないでいいんだ。お咲に腹いっぱい食わせてくれ。俺はそのために働いているんだ」

政次はそう言った。

うれしくて涙が出た。

お咲は幸せだ。

だが、人は幸せにすぐ慣れるのだ。

やがて小さな不満が生まれてきた。

政次には「外」の世界がある。

それは仲買人の仕事仲間だとか、古くからの地元の友達とか、男同士の付き合いである。

政次は友達や知り合いが多いから、しょっちゅう人の相談に乗ったり、頼まれごとをしたりする。それだけでなく、あれこれと人の世話を焼く。そのうえ、いろいろな寄り合いがあってしょっちゅう家をあける。

そのたび酒を飲んで帰って来る。

この間、相談したいことがあって起きて待っていたが、明け方近くになるまで戻って来なかった。

いったい、何がそんなに楽しいのだろう。

子供たちや自分よりも大事なことが、そんなにたくさんあるのだろうか。

お咲はもやもやする。

ついこの間も、政次は遅く帰って来た。

布団に入って「どうしたの？」とたずねたら、「お高のことが心配だ」と答えた。

お高は政次の幼なじみだ。ほんの小さな子供のころから家を行き来していて、姉と弟のようなものだという。

「あいつ、妙な男に惚れているんだよ。あれはだめだ。深入りしないうちにあきらめさせないと」

真剣な顔をしていた。

「お高さんだって、もういい年なんだから、あんたがあれこれ口出すことじゃないよ」

「そうじゃねぇんだ。あいつはおぼこいんだ。危なっかしいんだよ。昔、店にいた伊平《いへい》って男に惚れてた。そいつが上方に修業に出ると言って店を辞めたんだ。ふつうならもう、そこであきらめるだろ？　それなのに、あいつ、ずっと伊平のことを待っていた」

「伊平さんが待っていてほしいと言ったんじゃないの？」

「まぁ、言ったかもしれねぇけどさ。だけど、それってお高が言わせたんだよ。目の前で泣かれたりすると、男はなんとなく、言わなくちゃならない感じになるだろう？」なるだろうか。

「そういうもんなんだ、男ってのは。いい顔をしたいんだ。だからその場しのぎっていうか、できねぇ約束っていうか、口先だけのやさしい嘘をつくんだよ」

「そうなの？」

お咲は一瞬、お腹のあたりが冷たくなった気がした。

「あんたもそういうときは、適当なことを言うの？」

「いや。俺は言わねぇよ。俺はそんな薄情な男じゃねぇ」

「そうだよね」

「当たり前だろ」

お咲は政次の首筋に顔をうずめた。

「でも、そんなにお高さんのこと、心配しなくてもいいよ」

もう、この話は終わりにしたいと思った。

それなのに、また、政次はお高の名前を口にした。

「そういやあ、国造さんの新築祝いに丸九の料理を頼んだんだ。結局、片づけまでやってもらったよ。悪いことしちまった」

「国造さんの新築祝いって何？　その話、いつ、決まったの？」

お咲は思わず、政次の胸から顔を上げてたずねた。声の調子が変わっていた。

「あ？」

政次は寝ぼけたような声を出した。

「だってあたしはそのこと、何にも聞いていないもの。もし、聞いていたらみんなに声をかけて手伝いに行ったもの」

「いや、だから、国造さんもお節さんも、そこまでしてもらったら悪いって言うからさ」

「だって、そういうときは女たちがみんなで手伝うのが今までのしきたりじゃないの」

「まぁ、そうだけどさ」

「料理って何？」

「うーん、いかの一夜干しとげそのから揚げ。ほかには、ああ、そうだ、きゅうりとたこの酢の物だ」

それなら、お咲だってつくれる。

そりゃあ、あっちは商売人だからお咲より上手にできるかもしれないが、それだって、お咲にひとこと声をかけてくれてもいいだろう。

お咲は自分が二番目になったような気がした。

妻女《つま》なのに。

腹の底からじくじくと何かがにじみ出てくるような気がした。

「ねぇ、どうしてそんなふうにお高さんを頼るの」

「あん？」

「なんで？」

政次は意表をつかれたようで答えられない。

何かあったとき、政次の頭に一番に浮かぶのはお高だ。母親か姉のように面倒を見てもらおうとする。

そして、お高のあれこれを父親のように心配する。

なぜ、お高なのだ。

どうしてお咲ではないのか。

「ねぇ、なんで？」

お咲はたずねる。

「別に意味なんかないよ」

政次はめんどうくさそうに答えた。

もしかして……。

政次が一番大事に思っているのは、お高ではないのか。

お咲は自分の考えにぞっとした。

振り払うように政次に体を寄せた。

四

「今日、剛太《ごうた》たちと花火をするんだ。そこの空き地で夕方するから、お高さんもお栄さんも来ない？」

朝一番のお客の波が去って、厨房で朝ご飯を食べているとき、お近が言った。

「いいの？」

お高がたずねた。

「もちろん」

お近が答える。

「ほう、花火か？　楽しみだねぇ」

お栄も笑みを浮かべた。

「剛太の兄ちゃんの知り合いが持ってきたんだって。線香花火とかすすき花火とか、いっぱい。手持ちの打ち上げ花火もあるんだよ」

お近はきらきらと目を輝かせた。

通り雨を浴びて売り物にならなくなった花火をもらい、日陰で干したら元通りになったので、持ってくるという。翌日は祭りがあって漁が休みなので、剛太は品川《しながわ》には帰らず、知り合いの家に泊まるそうだ。

それで、お高とお栄も加えてもらうことにした。

「おやつにおはぎを用意しようかしら」

お高が言うと、お近は歓声をあげた。

おはぎはあずきとごまときな粉の三種類で、店をしめてからもち米を蒸してあずきを炊いた。ごまをすったり、きな粉に砂糖を加えたりするのはお近の仕事である。

「これは、お近ちゃんがつくりましたってみんなに言わなくちゃね」

お高が言うと、お近はうれしそうにころころと笑った。

夏の日がようやく少しかげってきたころ、厨房に蒸したもち米とあずきの甘い匂いが漂った。蒸しあげたおこわは熱いうちに丸めなければならない。

「熱いよ、熱い」

お近は手の平を赤く染めて悲鳴をあげた。

「なに、お姫様みたいなことを言っているんだよ。そんなに手水をつけたら、おはぎがぐちゃぐちゃになっちゃうだろ。こうやって、ぎゅっとしっかり握る」

「だって、お栄さんみたいに手の皮が厚くないんだよ」

「この年になると、手の皮も面《つら》の皮も厚いんだ」

文句を言いながらも、お近はその場から離れない。おはぎを自分もつくったと言いたいのだ。

お高は皿の上のおこわをながめて、そっとため息をついた。

お近の丸めたおこわはひと目でわかる。いびつで、大きさもまちまちだ。

「じゃあ、お近ちゃんはごまをすってね」

新しい仕事を与えた。


日が暮れて、剛太がやって来た。

「こんばんは」

「待っていた……よぉ」

お近の声が途中で切れた。

後ろには、剛太の幼なじみのおかねがいる。海辺で育った娘らしく、顔も手もよく日焼けて浅黒い。手足が長く、猫のように目じりが少しあがっている。

「ちょうど、こっちの親戚のところに来る用事があったんです。それで剛太に、あたしも花火をしたいなぁって言ったんです」

おかねは悪びれずに言う。

「花火だけに火花が散るわけだねぇ」

お栄がお高の後ろでつぶやいた。駄洒落《だじゃれ》好きの徳兵衛がいたら、同じことを言っただろう。

「花火はこれだよ」

そんな娘たちの心の内には気づかない剛太がうれしそうに大きな木箱を見せた。中には線香花火にすすき花火、ねずみ花火に打ち上げ用の筒《つつ》もある。よく見ると外の紙包みの色が流れてしまっている。これでは売り物にならないだろう。

「火がつかないのもあるかもしれないけど、だいたいは大丈夫だって兄ちゃんが言ってた」

おはぎは花火が終わってから食べることにして、空き地に向かった。

水を入れた桶《おけ》を用意して、ろうそくに火をつけた。

さっそく剛太がすすき花火を手にする。

ぼうっとかすかな音がしたと思ったら、シューッという音をたてて勢いよく白い火花が噴き出した。火花は剛太の顔を明るく照らし、すすきの穂のようにきらめき、白い糸となって軌跡を描いて地面に落ちた。

「わぁっ、きれい」

おかねが声をあげた。

「すごい、すごい」

お近も叫ぶ。

その声が終わらないうちに花火は消えた。あたりは再び闇《やみ》に包まれた。

「はかないねぇ」

お栄がつぶやいた。

「花火だもの」

お近が元気に言った。

「じゃあ、みんなもやろうよ」

剛太が大人ぶった様子でおかねとお近、お高やお栄にも花火を手渡し、てんでに火をつける。

暗闇にいくつもの花火が光ったり、消えたりする。

白いすすきがあり、パチパチと音をたてて朱や青の光の花を咲かせるものがある。お近とおかねはそのたびに歓声をあげた。花火は娘たちの顔を輝かせ、剛太を一人前の男のように見せた。

お高とお栄が好きなのは線香花火だ。

こよりの先に火をつけると、燃えて赤い小さな玉になる。華やかな牡丹《ぼたん》になって、チャッチャヤッという音とともに松葉が飛び出し、いつの間にか柳になる。

チチッチッチ。

チャッチャッチャッ。

ささやき声のようなかすかな音に耳をすます。

ずっと聞いていたいと思うのに、手が揺れると玉は無情に落ちてしまう。

「ねぇ、今、なんて書いたかわかる？」

おかねがたずねる。

「え、何、わかんないよ。もう一度やって」

いつの間にかお近とおかねは仲良くなって、ふたり並んで遊んでいる。手にした花火をぐるぐると回すと、暗闇に字が書けるのだ。

「今度はねずみ花火だぞ。おっかねえぞぉ」

剛太がねずみ花火に火をつけて地面に投げると、シュルシュルという音をたてて回転した。

お近とおかねはきゃあきゃあ声をあげて逃げる。

最後にポンとはじけると、笑いが起こった。

「なんだぁ、誰が花火をやっているのかと思ったら、お高ちゃんじゃないか」

その声は政次だった。勘太と次助のふたりの子供を連れて風呂に行った帰りらしい。

「おい。剛太。こういうことなら、なんで俺に声をかけねぇ」

そう言いながら、すぐ輪に加わった。

花火を持ちたがったのは兄の勘太で、政次がいっしょに持って火をつけた。次助は怖がってぐずったのでお高が膝《ひざ》に抱いた。

「ほら、お兄ちゃんが花火をするよ。見てようね」

お高に抱かれて安心したのか、次助はすすきのように流れ落ちる花火を見て手をたたいて喜んだ。

「おい。太い筒が残っているじゃねぇか」

政次が木箱をのぞきこんで言った。

手持ちの筒で、親指と人差し指で輪をつくったぐらいの太さがある。

「これは最後にとってあるんだ」

「よし、俺に火をつけさせろ」

政次はたちまちガキ大将の顔になって剛太の見せ場を横取りした。

「お父ちゃんが大きな花火を打ち上げるって言うから、ここで待とうね」

お高は勘太と次助のふたりを膝にのせた。

政次は落ち着いた様子で花火の先のこよりにろうそくの火を移した。炎はこよりを伝って、花火の芯に降りていく。

白いけむりがあがった。

「いいか。待ってろ」

みんなは息をつめて花火を見つめている。

一、二、三……。

白い煙が消えた。

十、十一、十二……。

二十数えても花火はあがらない。

「なんだよ、こいつ、しっけているのか？」

政次が水桶につけようとしたとき、シュッという音とともに奥の方に赤い炎が見えた。

「やべえ」

あわてて筒の先を空に向ける。

シュルシュルという音がして、小さな火の玉が空にあがった。ぽんという音とともに、白い野菊のような花が見えた。

「玉屋ぁ」

大きな声でお近が叫ぶ。

「鍵屋《かぎや》ぁ」

おかねと剛太が声を合わせる。

「玉屋ぁ」

もう一度、お高が言う。

「鍵屋ぁ」

お栄も叫ぶ。

とっくに光は消えて黒々とした闇が広がっている。

盛大な両国の花火とは比べ物にはならないけれど、白い野菊のような花火はかわいらしく、いとおしかった。お高たちのようにささやかに暮らす者にはふさわしい。

「ああ、終わっちゃったぁ。楽しかったねぇ。じゃあ、戻っておはぎを食べようか」

お高が言うと、剛太とおかねに続いて、政次とふたりの息子まで歓声をあげた。

丸九に戻ってお茶をいれ、おはぎを食べた。政次は勝手に棚から酒樽《さかだる》を取り出して、茶碗酒を飲みだした。

「おはぎに酒っていうのも悪かねぇけど、ほかにアテはねぇのか」

「きゅうりでもかじっていたら」

お高が言うと、野菜をいれた目ざるからきゅうりを取り出し、みそ樽のみそをつけて食べだした。丈夫な白い歯がポリポリと小気味いい音をたてている。

「まったく、自分の家のようだねぇ」

お栄が笑いだした。

お近とおかねはさっきまで仲良くしていたと思ったが、また剛太をめぐって張り合っている。

「このおはぎ、あたしがつくったんだよ。食べてみて」

お近が言えば、おかねは「お近ちゃんがつくったのは、このいびつなやつでしょ」と目を光らせる。

「それだけじゃない。ごまをまぶしたり、きな粉をふったりしたんだよ」

「今度、うちにおいで。あたしが煮物をつくるから」

まん中で剛太は困った顔をしている。

だったら、おかねを連れて来なければいいのに。

お高とお栄は顔を見合わせてこっそり笑う。

勘太と次助は元気いっぱいで店の中を走り回る。

「ほら、危ないからおばちゃんとこにおいで」

お栄は次助を膝にのせ、勘太を隣に座らせて、手遊びをはじめた。

作太郎は、今日はどうしているのだろう。

お高はふっと思った。

昨日は双鷗が仕事にかかりっきりになっているというので、焼きおにぎりとみそ汁を届けた。双鷗がひとりでは食べきれないと言いだし、お高がお相伴《しょうばん》をすることになり、作太郎も顔を出した。

帰りは店まで送ってもらった。

「おいしかったなぁ。焼き加減がちょうどいい。ああいう焼き加減にするには、そばに張り付いていなくてはだめなんでしょう？」

作太郎がたずねた。

「そう。ほかのことをしていると、焦がしちゃうから。そばにいるのよ」

「それは大変だ。手間がかかる」

「でも、網にのせておくだけだから」

「おいしいものは手を抜いちゃできないんだな」

たわいもない話をする。

お高はそれだけでうれしくて、ほかのことは考えられなくなる。

本当は聞きたいことがたくさんある。

生まれはどこか。

家は何をしているのか。

商家のようには思えない。職人とも違う気がする。

こんなふうにのんきに飄々《ひょうひょう》としているのは、裕福な家の生まれだからではないのか。

政次が英に出入りしていると言っていたが、それは本当なのか。

想《おも》う人がどこかにいるのか。

気になるけれど、答えを聞くのが怖い。

このまま幸せな気分に浮かんで、まどろんでいたい――。

「なんだよ。お高ちゃん、何を考えていたんだよ」

政次がたずねた。

「何にも」

「ふうん。笑ってたぞ。分かっているんだ、何を考えているのか」

政次は疑《うたぐ》り深そうな目をした。

「あんた、このごろ、酒飲むとしつこくならない？」

「なんねぇよ」

「ああ、やだ。酒飲んであーだこーだ言うなんてさ」

お高は勘太と次助の隣に行った。

「お栄おばちゃんに遊んでもらっているの？　じょうずだねぇ」

「おばちゃんじゃなくて、おばあちゃんだよ」

お近が憎まれ口をききながらやって来た。おかねと剛太も来て、ふたりの頬をつついたり、抱き上げたりしはじめた。

「ああ、ふたりとも本当にいい子だねぇ。ここん家《ち》の子にならないかい」

お栄がたずねる。

「毎日、おいしいものが食べられるよ」

お近が言う。

「いやよねぇ。おっかさんがいいわよ」

お高の言葉にみんなが笑った。

その時だ。

がらりと表の戸が開いて、お咲が顔をのぞかせた。頬を赤く染めて目を吊《つ》り上げている。

「あんたたち、なんでここにいるんだよ」

勢いよく店に入って来ると次助を抱き上げ、勘太の手をひいた。母親の剣幕に驚いたふたりが泣きだした。

「おい、どうしたんだよ」

政次が声をあげた。

「風呂に行ったまま、いつまで待っても帰ってこないから、なにかあったんじゃないかと心配になって探したんだよ。ここに来るなら来るで、最初から言ってくれればいいのにさ。なんで、だまってたんだよ」

「あ……。悪かったなぁ。だまっていたわけじゃねぇんだけどさ」

政次は間の抜けた声をあげた。

「あんたはいつもそうなんだ」

お咲が甲高《かんだか》い声をあげた。

「花火をしていたとき、たまたま政次さんが通りかかったから、誘ったんですよ。すみませんねぇ。こっちも気がつかなくて」

お高は頭を下げた。

「政次さんに大きな花火をあげてもらったんだよ。その後、ここでみんなでおはぎを食べて。楽しくてつい長居をしちゃったんだよね」

お近が言葉を添える。

「そうだねぇ。子供たちはもう寝る時間だよ。早く家に帰らなくちゃねぇ。申し訳なかったよ」

お栄もあやまった。

「そうだな、じゃあもう行くか。悪いな、すっかり世話になった」

政次が立ち上がって、お咲の表情も少しやわらかくなった。政次が勘太を背負い、お咲が次助を抱いて出て帰って行った。

その姿が消えると、おかねが不思議そうな声をあげた。

「ねぇ、あの人、どうしてあんなに怒っていたの？」

「心配だったんでしょ。三人が帰ってこないから」

お高は答えた。

「子供だけならともかく、とうちゃんがいっしょなんだから、そんなに心配することないのに」

おかねはまだ首を傾げている。

「あのくらいの子供が一番危ないんだよ。ちょこまか動いて早いんだ。目を離すとどこに行ったか分からなくなる。ちょっとしたことで怪我《けが》するんだ。心配しても、しすぎるってことはないんだよ」

お栄がやさしい声で言った。

だが、お高は気づいていた。お咲があんなふうに怒ったのは、自分のせいだ。国造のことがあった後で、今度は花火。それでよけいに腹を立てたか。

政次とは幼なじみで、昔からよく知っている遠慮のない間柄《あいだがら》だ。半分身内のように思っている。

だから頼みやすい。頼まれやすい。気安く店にも出入りする。それだけだ。

そんなこと百も承知で、けれど、やっぱり心が波立つのが妻というものなのか。

やっかいなことだ。もう近づくなということか。

お高はなんともいえない淋《さび》しさを感じた。

「さっきはごめんね」

お咲は政次の背中に言った。夏掛けをかけた政次の背中は厚くて高い壁のように見える。

「こっちも悪かったよ。すっかり花火に夢中になっちまってさ」

低い声で答える。

花火はいいのだ。子供たちは喜んだだろう。

だけど、なぜ、終わってからすぐ帰ってきてくれなかったのか。

のんきにおはぎを食べたりしたのだ。

自分の家のようにくつろいで、酒を飲んでいたのだ。

言いたいことはたくさんあるが、それをお咲は口にできない。

それを言ったら、お高に妬《や》いていることが分かってしまう。

つまらない焼きもちを妬いていると知ったら、政次はがっかりするだろう。お咲を嫌いになってしまうかもしれない。

「お前は心配しすぎなんだよ」

「だって……」

お咲は政次の背中に自分の肩を押し付ける。

「あんたや子供たちがいなくなったら困るんだもの」

「馬鹿だなぁ。どこにも行きゃしねぇよ」

政次はくるりと向きを変えてお咲を抱きしめる。熱い指がお咲のやわらかな胸をつかんだ。

けれど、お咲の心のどこかで風が吹いている。

政次はいい男だ。頼りになる亭主でやさしい父親だ。だけど……。

自分は求めすぎているのだろうか。

お高の顔が浮かんだ。

分かっている。分かっているけれど。少しだけ納得がいかない。

お咲は自分の気持ちを持て余していた。

五

「昨日は悪かったなぁ」

翌日、丸九にやって来た政次はそう言ってあやまった。

その日は五のつく日で、夜も店を開いていた。

奥の席には徳兵衛と惣衛門、お蔦の三人が座っている。

「いいのよ。お咲さんは本当に心配だったのよ。それなのに私たちがのんきに笑っていたから、ほっとして余計に腹が立ったんだと思うわ」

お高は答えた。

「小さな子供がふたりとお姑さんの面倒を見るだけでも大変なのに、わがままな亭主がいるんだ。そりゃあ腹の立つこともあるさ。ゆっくり休ませておやりよ」

お栄も続ける。

「ねぇ、ちゃんと仲直りした？」

お近がからかうような目を向けて、「ガキが生意気言うんじゃねぇ」と政次に頭をはたかれた。

「おやおや、なんかあったのかい？」

徳兵衛が耳ざとく聞きつけた。

「いやいや、たいしたことはねぇんだけどさ。ちょいとね」

「ああ、そのちょいとをほっておいちゃいけませんよ。女の人はね、そういうことをずうっと覚えていますから。川柳にもあるんですよ。『あくるあさ女房《にょうぼ》はくだをまきもどし』ってさ」

惣衛門が笑いながら言う。

「そうなんだよ。あんた、この先ずっと言われるよ。あのとき、あんたはこうだった。なんて薄情なんだ。ひどい人だ」

「ははは」

あちこちから気の抜けたような笑い声が起こった。どうやら身に覚えがある者がたくさんいるらしい。

「おい。みんな勘違いしてねぇか。俺はただ子供といっしょに花火をしてただけなんだ。別にそんな悪いことをしちゃいねぇよ」

政次が頬をふくらませた。

「分かっちゃいないねぇ。胸に溜まっていたもんが、花火ってきっかけで吐き出されたんだろ。ちゃんとそこんとこ、考えたのかい?」

お蔦がついとにらむ。

「奥方といっしょに温泉でも行けばいいじゃないですか」

惣衛門が言った。

「ああ、そうだね。ゆっくりお湯に浸《つ》かって仲直りね。うん、それがいいよ」

徳兵衛もすすめた。

「勘弁《かんべん》してくれ。そんな暇も金もねぇよ」

政次が悲鳴をあげた。

また翌日、昼過ぎに政次がお甲とお咲、息子ふたりを連れて丸九にやって来た。

「まぁ、今日はまた、みなさん、おそろいで。いつもお世話になっております」

お高は厨房から出て挨拶した。

「お久しぶり。息子が何を思ったかみんなで飯を食おうって言ってくれたんで出てきましたよ」

お甲がやせた体を折り曲げてていねいに頭を下げた。六十をいくつも過ぎて、目じりにも額にも深いしわが刻まれているが、政次によく似た強い目をしていた。

その後ろに次男をおぶり、長男の手をひいたお咲がいた。お高の顔を見ると、少し気まずそうにこくんと首を動かした。

お近がみんなを小上がりに案内する。

「まさか、温泉ってわけにはいかないからさぁ。丸九に来たんだよ」

政次がお高に耳打ちする。

お高は小さくため息をついた。

やっぱり、政次は何も分かっていないらしい。

「じゃあ、五人前ね」

政次がそう注文した途端。

「いいよ。あたしとお咲は子供たちの残りを食べるから」

お甲が言ったので、一瞬、お咲はがっかりした顔をした。

「そんなこと言うなよ。それじゃあゆっくり食べらんねぇ。今日は、それぞれのお膳だ」

政次が決める。

「そりゃあ、ずいぶんと豪勢だね」

お甲は不満そうな顔になった。

「お子さんの分は少し加減しますから。お膳は人数分用意しましょうね」

お高はとりなした。

政次の父親は飲む打つ買うの道楽者で妻のお甲は苦労させられた。だから、始末屋なのだと聞いたことがある。

父親が亡くなって、政次の代になってもそれは変わらないらしい。

「今日は鰈の煮つけと、小松菜のおひたし、おこうこにみそ汁、ご飯。甘味はれんこんを甘く煮て、生姜の蜜《みつ》をかけています」

お高は献立を告げた。

お咲はお膳に並んだ料理をながめた。

きれいに盛り付けられているけれど、自分のものとあまり変わらないと、そのときは思った。でも、口に入れたら違った。

鰈の煮つけは魚の臭みが全然なかったし、身はふんわりとしてやわらかい。それにとろりと甘じょっぱい汁がからむ。

小松菜もシャキシャキして、緑の味がする。

ご飯もほどよいやわらかさだ。

「どれもおいしいねぇ」

勘太が言った。

「ありがたいねぇ。だけど、こんなうまいもんを食べたら、明日から家のご飯が食べられなくなっちまうよ」

お甲も笑顔で言う。さっき、めいめいお膳を頼んだときは不服そうな顔をしていたのに。いつもは食の細い次助もはふはふと飲み込んで、もっと食べたいと口を開ける。

「この煮汁は何が入っているんだい？」

お甲がたずねた。

「醬油が少し多めで、砂糖と酒とみりんは同量。それを水で割ります」

やっぱり料理屋は贅沢《ぜいたく》だ。みりんを使っている。味の違いはきっとみりんのせいなのだ。

お咲は自分を納得させようとした。

「うちでつくるとさ、煮しめたように味が濃くなるか、水っぽいかどっちかなんだよ。落とし蓋を使うのかい？」

お甲がたずねた。

「使いますよ。最初に熱い煮汁に魚を入れて表面を固めてから、落とし蓋をするんです。

鍋の縁《へり》がふつふつ泡立つくらいの火加減でしばらく煮ます。でも、そんなに長くなくていいんですよ。固くなりすぎますから。その後、蓋をとって煮汁が三分の一ぐらいになるまで煮つめるんです」

「そうすると、こんなふうに汁がとろっとするのかい？」

「そうなんです。汁をここまで煮つめるのがコツなんです」

「ふーん。聞くと簡単そうなんだけどねぇ。やっぱり商売人は違うよ。それから、この小松菜はさ」

お甲は熱心にあれこれと聞いている。

料理もそうだが、お高は感じがいい。だから、政次は毎日のように丸九に通うのだ。そうしてお高を頼りにし、あれこれ心配する。

これからもずっと。

なんだか、嫌だ。

お咲と政次はたった五年の付き合いだけれど、お高とはそれよりもっと古い。子供のころからなら二十五年以上だ。

勝てるわけがないではないか。そして、これから先もその差は縮まらないのだ。

いつかお咲の料理はうまくなるのか。政次がお咲を頼りにする日は来るのだろうか。

五年先、十年先もお咲はお高のことを気にして、もやもやしなくてはならないのか。

本当に自分は政次の一番なのか。

二番目だったりして。

妻なのに。

もしかして、もしかして。

涙がぽたりと落ちた。

「おい、どうしたんだ。お咲、なんで泣いているんだ？」

政次が驚いたような声をあげた。

「なんでもない」

そう言おうとしたが、言葉にならなかった。

「なんでだよ。なんでだ？」

政次はあわてている。

横から白い手がすっとのびて、手にした懐紙《かいし》でお咲の涙をふいた。

「泣いたらだめだよ。せっかくの別嬪《べっぴん》さんが台無しだよ」

目を上げると、お蔦だった。

奥の席の惣衛門と徳兵衛も心配そうにこちらを見ている。

「まったく男っていうのは、これだから困るよ。お前さんがお高ちゃん、お高ちゃんって頼りにするから、悲しくなっちまったんだろ」

「へっ」

政次は鳩《はと》が豆鉄砲《まめでっぽう》をくらったような顔をした。

「えっ、えっ、ええええっ」

大きな声で叫んだ。


「ふふ」

片づけをしながらお栄が笑った。

「いやあねぇ。思い出し笑いなんかして」

お高が言った。

「だって、政次が存外、いい男だったんで驚いたんですよ」

お栄はまだ口の端に笑いを浮かべている。

「あたしも一度でいいからあんなことを言われてみたいよ」

お近は少し背伸びした様子で言う。

「そうねぇ」

お高も笑いだした。

政次はお咲の肩を抱いて言ったのだ。

「俺はお前の料理が一番好きだ。おいしい飯はほかにもあるかもしれないけど、お前がつくるからうまいんだ。子供たちもお袋もそうだ。お前だからいいんだ」

やっぱり少し分かっていない気がする。

けれど、お咲には伝わったに違いない。

うれしそうな顔をして帰って行った。

残された惣衛門は「ごちそうさまもいいところ。満腹ですよ」と少しあきれた顔になり、お蔦は「犬も食わないってやつですから」とすまして言い、徳兵衛は「さすがに洒落もでねぇや」とぼやいた。

「いい女房じゃねぇか。亭主に夢中でさ」

しみじみとつぶやいたのは政次のことをよく知る男である。

「あの嫁さん、あんなにきれいだったかなぁ」

隣の男が首を傾げた。

政次の言葉に頬をそめたお咲は、女の目から見てもかわいらしく、色っぽかった。

「おい。そんなにいい男だったか？　あいつ」

向かいに座った男がたずねた。

その言葉にお高はくすりと笑った。お高も政次を「いい男」と思ったことはない。子供のころから変わらないお調子者だ。

お咲にはどんなふうに見えているのだろう。

お高とお咲。どちらが鰈でどちらが平目か。

政次はひとりなのに、目に映る姿はまったく違っていた。

「まあ、なんにしろよかったですよ。落ち着くところに落ち着いて」

お栄は自分の言葉に自分でうなずいた。

第三話　しし唐辛子の辛い種

一

お盆も過ぎたというのに、日差しは強く明るく、まぶしいほどだ。昨日の夕立で木々の葉はまた元気を取り戻したようで、蟬《せみ》たちも大きな声で鳴いている。

「まったく、いつまでこの暑さは続くんだろうねぇ。こっちの体が悲鳴をあげているよ」

お栄は首に巻いた手ぬぐいで額の汗を拭《ふ》きながら言った。

その日は十のつく日で夜も店を開けるから、お高とお栄、お近の三人は夕方、簡単に食事をとっていた。

わかめのみそ汁にご飯、おかずは鯵《あじ》の干物を焼いたものと、刻んだしし唐辛子《とうがらし》と青じそをごま油で炒《いた》めて、甘いみそをからめたものだ。ごま油の香ばしさと少しくせのあるしし唐の味、甘辛いみそがひとつになってかなり濃厚なおいしさだ。そこに青じそが加わって、ご飯がすすむのである。

しし唐も青じそも、丸九の裏の空き地に生えているものだ。

どこから飛んできたのか芽を出して、世話をしているわけでもないのにすくすくと育った。青じそは次々と香りのいい緑の葉をつけて、冷ややっこの薬味になったり、酢の物を飾ったりしている。しし唐もたくさんの実をつけて、こうしてお高たちのまかないになっている。

「暑いのは仕方ないの。ここは年じゅう火を使っているんだもの。熱がこもるから暑いのよ」

お高はそう言いながらご飯にしし唐と青じそのみそ炒めをのせた。

「いい茶碗《ちゃわん》ですね。それで食べるとご飯がおいしいでしょ」

お栄が言う。

「おかげさまで」

お高は毎度のことなので聞き流す。

茶碗は作太郎が送ってくれたものだ。

白い土で青い釉《うわぐすり》がかかっている。淡い春という銘にふさわしく、涼しげな色合いだ。

少し厚手で、女にしては大きなお高の手にほどよく収まる。

お高はこの茶碗をお栄にもお近にも触れさせない。いや、お栄もお近も触れようとはしない。土がやわらかいから、ちょっとぶつけただけで欠けそうだという。

たしかに店で使っている瀬戸《せと》の器《うつわ》とは触れた感じが全然違う。

繊細ではかなげで、美しいもの。

今までそういうものがお高の身近にあっただろうか。

茶碗を手にのせるとき、お高は胸の奥がほんの少し熱くなる。

重さを確かめ、小さなくぼみを指でなぞる。

開け放った戸から涼しい風が吹き込んできた。

「あ、気持ちのいい風」

お高は目を細めた。

「もう、夏はいいよ。このまま、秋になってくれたらいいのにねぇ」

お栄も言う。どこからかカナカナの淋《さび》しげな声が響いてきた。

「夏なんか、とっくに終わったよ。どっか行っちまった」

ずっと黙っていたお近が唐突に言った。

「剛太が言ってた。海の色が違うんだってさ。夏の初めみたいな青い色じゃなくて、もっと濃い深い色をしている。魚たちのいる場所も変わったんだって。だから、俺たちの夏も終わったんだって」

「夏が終わったか。見かけによらず風流なことを言うじゃないか。今までみたいに遊んでいられないってことかい？」

お栄がうれしそうにたずねた。

「そうだよ。大人になるんだ。いつまでも子供じゃいられない。おかねが所帯を持つんだ」

「誰と？」

お高とお栄がいっせいにたずねた。

お近とおかねは剛太をめぐって争っている。

「剛太じゃないんだろ？」

お栄がずばりと斬り込む。

「まさか。あいつじゃないよ。兄ちゃんのほう。幸吉《こうきち》だ」

お近は吐き捨てるように言った。

剛太には三人の兄がいる。一番上の鉄平《てっぺい》と二番目の勇次《ゆうじ》はすでに所帯を持っていて、三番目の幸吉は独り者だ。剛太の四歳上だから二十になるはずだ。

「幸吉って店に来たことあったよね。体の大きな男だろ」

お栄がたずねた。

「あそこんちはみんな大男だよ。剛太以外」

お近が口をとがらせた。

剛太の父親は腕のいい漁師で、剛太と三人の兄たちも父親を助けて働いている。父親は六尺豊かな偉丈夫《いじょうふ》で胸は厚く、腕は太い。一年じゅう日に焼けて赤銅色《しゃくどういろ》で、えらの張った四角い顔にひげをたくわえている。

三人の兄たちもその父親にそっくりの強そうな顔と体つきをしている。

店に来ると、大きな手で茶碗をつかみ、そのまま空になるまでがしがしと食べつづける。魚の骨はなめたようにきれいで、皿に残った汁もご飯にかけて最後まで食べきる。それはもう豪快で、気持ちのいいほどだ。

こんなに健康な食欲を持つ男はよく働くに違いない。少々の嵐が来てもへこたれはしないだろう。一度こうと決めたら最後までやり遂げる。頑固なところはあるが、頼りになる。

そういう海の男の面構《つらがま》えをしている。

そこへいくと剛太はまだ幼い。背こそ兄たちに追いついたが、体はひょろひょろと細くて肉がついていない。本人はいっちょ前のつもりだが、傍《はた》から見れば漁師見習いというところである。

「前からそういう話になっていたの？」

お高はたずねた。

「違うよ。突然決まったんだ。おかねと剛太の家は近所で親同士も仲がいいんだ。夜、寄り合いで酒を飲んでいるとき、剛太の親父《おやじ》さんがそろそろ幸吉も所帯を持たせて落ち着かせたいって言ったら、おかねの親父さんがだったらうちの娘はどうだって聞いて、もうその場で話がまとまったんだってさ」

「そりゃあ、ずいぶんと簡単だねぇ」

お栄は言った。

「年もちょうど釣り合うし、昔からよく知っている家だから安心だって」

「それで、おかねちゃんはなんて言っているの？ 喜んでいる？」

「だって親同士が決めたんだ。いいも悪いもないよ。幸吉は息子の中では一番やさしくておっとりしたところがあるから、おかねのようなしっかり者がいいだろうって親父さんが思ったんだってさ」

「じゃあ、あんたは剛太とおかねのことであれこれ気をもむこともなくなったってわけだ。よかったねぇ。ひと安心だよ」

お栄がにやにや笑う。

「そうはいかないんだよ。剛太のやつが変なんだ」

お近は頰《ほお》をふくらませた。

「変って？」

お高がたずねた。

「もういい。分かんない」

そう言ってお近はしし唐と青じそのみそ炒めを一気に口に含み、「あ、辛い」と涙目になった。

「なんだよ。これ、とんがらしか？」

「しし唐だよ。ときどき辛い種があるんだ。あんたのは当たりだったね」

お栄がむふふと笑う。

「やんなっちゃう。しし唐にまで馬鹿にされている」

お近は憤慨して顔を真っ赤にした。


食事が終わると、そろそろ店を開ける時間である。

のれんを上げるのを待っていたように、惣衛門、徳兵衛、お蔦の三人が連れだってやって来ていつもの奥の席に座った。

「今日の献立《こんだて》はなんですかね？」

惣衛門が期待を込めた顔でたずねる。

お近も気を取り直して、明るい声で答えた。

「自家製のしめ鯖《さば》とわかめの酢の物、芋の煮転がし、赤だしのみそ汁にかぶの葉とじゃこの混ぜご飯、甘味《かんみ》はいちじくを甘く煮て汁をかけたものです。それに、今日は、さざえのつぼ焼きがあります」

「ほう。豪勢だ。お高ちゃん、やってくれるね」

徳兵衛が厨房《ちゅうぼう》に聞こえるような大きな声を出した。

「小さくてお恥ずかしいんですけど、魚屋さんがたくさん持ってきてくれたから」

お高が厨房から顔を出して答えた。

「こういうことがなくっちゃね。やっぱり生きているといいことがありますよ」

惣衛門が言う。

「そうだよ。死んで花実が咲くものかってね。死んだらおしまい。今日を精一杯楽しみたいね」

お蔦も続ける。

「あら、どうしたんですか？　生きるの死ぬのって」

膳《ぜん》を運んだお高がたずねた。

「知っているでしょ。谷中《やなか》の幽霊寺《ゆうれいでら》。あそこに三人で行って来たんですよ」

惣衛門が答えた。

谷中の浄光寺《じょうこうじ》は通称、幽霊寺。幽霊の絵がたくさんあって、毎年、お盆の時期になると人びとに御開帳《ごかいちょう》となる。

「徳兵衛さんが行きたい、行きたいっていうからさ、あたしもお付き合いでね。ひとりで行けばいいのに怖いからいっしょに行ってくれって」

お蔦が笑う。

「だってお高ちゃん。本当に怖いんだよ。白い着物を着たきれいな女の人がね、手をこんなふうにして柳の木の下に立っているんだよ。うらめしやぁってさ」

徳兵衛は悲しそうな顔をして体をくねらせた。

三人はその絵を見て、お坊さんの講話も聴いてきたのだ。

「いいお話でしたよ。人間、最後は骨になるんですよ。それを思うと怒ったり悲しんだりするのがばかばかしくなりますよ」

惣衛門はしみじみとした調子になった。

「そうだねぇ。こんなふうにおいしくご飯が食べられるのは、もうそれだけでありがたいっていう気持ちになった。徳兵衛さんのおかげだよ。いい一日になった。ありがとうね」

お蔦が徳兵衛に頭を下げる。

「そうかぁ。それならよかったよ。わざわざ谷中まで行ってもらってさ、つまらないって言われたら申し訳ないもんねぇ」

徳兵衛はうれしそうにうなずいた。

そんな話をしているうちに次々とお客が入って来て、席はあらかた埋まった。

お客は店に入ると、一様に鼻をひくひくと動かした。

さざえを焼く磯の香りが店の中に漂っているのだ。

「あれ、なんだ。今日はさざえのつぼ焼きがあるのか？」

「はい。あります。おひとり様ひとつです」

お近が元気よく答える。

「おお、ついているなぁ」

「こりゃあ、たまらん」

たちまちうれしそうな顔になる。

夜も料理は決まりになっているから、さざえのお代わりはない。居酒屋ではなく、あくまで一膳めし屋。ほろよい気分で帰ってもらうことをよしとしている。

お高は厨房でさざえのつぼ焼きにとりかかっていた。

焼き網にさざえをのせて炭であぶる。しばらくすると、さざえに火が入ってぶくぶくと泡が出てくる。ここで、醤油《しょうゆ》とみりんのたれをかける。さざえのうまみをたれが引きだして、磯の香りはなお一層濃くなる。三つ葉を添えて、熱々のところをお客に運ぶ。

「はい、お持ちしました」

お近が皿を置く。

さざえはまだ、ぶくぶくと泡を立てている。

「ほ、熱いね。やけどしちゃうよ」

そんなことを言いながら、徳兵衛は口をとがらせて汁をすする。

「うまいねぇ。なんだってこんなうまいもんが世の中にあるのかねぇ」

ご満悦だ。

惣衛門は箸《はし》でつまんで、ねじりながら身を取り出す。くるりと巻いた先には少し苦みのある肝《きも》がついている。

「火の加減がちょうどいいですよ。この塩梅《あんばい》は、うちじゃなかなかできないんだ」

目を細めた。

お蔦もやわらかな身を口に運んでにっこりとした。

後から来たお客は、それを横目でながめながらうらやましそうな顔で待っている。

「さざえ一個でこんなにいい顔になるんだから、酒飲みっていうのはたわいもないもんだねぇ」

お栄は自分も結構いける口のくせに、そんなことを言う。

「お、なぞかけが出来た」

上機嫌の徳兵衛が大きな声を出した。

「よ、待ってました」

店のどこからか、声がかかる。こちらもすでに酔いが回っているらしい。

「さざえとかけて大川を渡る船頭ととく」

徳兵衛は声を張り上げる。

「ほう。さざえとかけて大川を渡る船頭ととく。その心は」

惣衛門が続ける。

「はい。その心はどちらも貝、櫂《かい》が大事です」

「ほうほう。なるほど、なるほど」

店のあちこちから声があがった。

お客が立て込んできたので、「じゃあ、私たちはそろそろ」と三人は腰をあげた。

「いつもありがとうございます」

お高が入り口まで見送ったとき、惣衛門が何気ないふうにたずねた。

「ところで、お高ちゃん、煮物の味つけを変えたのかい？　芋の煮転がしがいいお味でしたよ」

「そうだねぇ。九蔵さんのことを思い出したよ」

お蔦も言った。

「ああ。腕をあげたね」

徳兵衛もうなずく。

「あ、いえ、そうですか？　ありがとうございます」

お高は頬をそめた。

さざえのつぼ焼きの脇に隠れるようにしておいた芋の煮転がしだ。気づかれているとは思わなかった。

芋の煮転がしは煮方を少し変えた。いつもは便利なおでんだしを使っている。かつおだしに醤油と砂糖やみりんでおでんのつゆぐらいの味をつけたものだ。ほかにそばつゆぐらいの味をつけたそばだしもあって、どちらも一度で味が決まるので、重宝だ。だが、このときはまずはだし汁で煮て、砂糖とみりん、醤油、塩と順に加えて味を調《ととの》え、味のふくらみが足りないような気がしたので最後に酒を少し加えた。

「毎日のように来ているんだ。そりゃあ、分かるさ」

お高の心を読んだようにお蔦が言った。

「こっちのほうがいいよ。大変かもしれないけどさ」

徳兵衛が言った。

「長い目で見たらさ、結局、手間をかけただけのことはあるんだよ」

お蔦も続ける。

「あたしたちは応援していますからね」

惣衛門がやさしい目で見た。

「はい」

お高はもう一度頭を下げた。

お客が帰って店をしめた後、お高は五目豆を煮た。

大豆とごぼう、にんじん、こんにゃくに干ししいたけ、昆布を醬油とみりんで煮たものだ。

「明日のおかず？　五目豆はおいしいから楽しみだな」

お近が鍋をのぞきこんで言った。

「今日はあの便利なだしを使わないの？」

「しばらく使わないことにしたの」

「どうして？　便利なのに」

「頼りすぎるのもどうかと思って」

お高は答えた。

「便利なのは何かをはしょっているからさ。階段をひとつひとつゆっくり上るのと、三段跳びで駆け上がるのとじゃ、出来上がりが違ってくるはずだろ」

お栄が言葉を添えた。

人間、一度楽をすると、そちらに流れる。ついつい何度も手が出る。

だが、それだとどうしても味が似てくる。

もっと困るのは、それに慣れてしまうと、本来の味のつけ方が分からなくなるのだ。

なすにはなすの、かぶにはかぶの、味の含ませ方があるはずだ。

それを思い出させてくれたのは、英《はなぶさ》だ。

英でなすの煮物を食べたとき、お高は内心はっとした。

美しく茶筅《ちゃせん》のように包丁が入っていたが、料理そのものは丸九でも出しているし、どこの家でもつくっているようななすの煮物だった。

だが、口に含むと、ねじれて湯に沈む、薄く削った花かつおが見えるような気がした。

なすは軽やかなだしの味や心地よい甘みをまとい、鼻に抜けるような醤油の香気があった。

「おいしいねぇ」

お近はそう言いながら、口に運んでいた。

「そりゃあそうだよ。天下の英だもの」

お栄が言った。

「でも、丸九のもおいしいよ。あたしは好きだ」

お近は無邪気に答えた。

お栄は笑っていた。けれど、きっと気づいたはずだ。

昔、九蔵がいたころの味だ。

――だけど、おとっつぁんの味が私に出せるはずもないもの。今の丸九は私とお栄さんとお近の三人で回しているから、手間をかけられないのよ。

そのときはそう思った。

そしてそのまま忘れた。

けれど、そのすぐあと、政次の母親のお甲が来て、鰯《いわし》の煮方をたずねた。

お高の返事にお甲は答えた。

「聞くと簡単そうなんだけどねぇ。やっぱり商売人は違うよ」

お甲が言った。

当たり前だ。家でつくるのと同じなら金はとれない。その先を行くから店をはれる。金が取れる料理になる。

お高は思った。

けれど、なぜかそのことが心にかかった。

お高の料理は本当に金の取れるものになっているのか。ただ、毎日、同じことを繰り返しているだけではないのか。

丸九は一膳めし屋だが、だからといって料理も手軽なわけではない。なにしろ、英の板長をしていた九蔵がはじめた店なのだ。

もちろんお高も九蔵の味を目指していた。

九蔵はおでんだしもそばだしも使わなかった。

けれど、そのころのお高の腕ではまだ心もとないと思ったのだろう。

「こんなもんもあるんだ。困ったら使ってみろ」

そう言って教えてくれた。

最初はまかない飯の味つけにだけ使っていたはずだ。いつから、店に出す料理にも使うようになったのだろう。

最初は多少の後ろめたさを感じていた。やがてそれもなくなった。それが慣れというものだろうか。

お栄も気になったに違いない。

芋の煮転がしをほめられた翌日、お高がなすを煮ているとき、何気ない様子で言った。

「旦那さんがなすを煮ている姿を思い出しましたよ。こんなふうに鍋の縁《へり》に指をあてて味をみるんですよ」

お栄はふつふつと煮汁が沸いている鍋の縁に親指をつけ、唇にあてるまねをした。

「それでこう言うんです。『よし、これでいい』。あれは恰好《かっこう》良かった。ほれぼれしましたよ」

「そうだったわねぇ」

お高もその姿を覚えている。

「これでいい」

満足そうに言うときもあれば、「もう気持ち醬油だ」とか、「酒を足すか」とつぶやくこともある。

「どう思う?」

そんなふうにたずねたこともあった。

「おいしいです。これでいいんじゃないですか?」

お高はいつもそう答えた。

十分だと思えたのだ。だが、九蔵は満足していなかった。ほんの数滴醬油を垂らすことで、味が開いた。まるで命を吹き込むかのように、華やかに、あるいはまろやかに、つややかに変化した。

九蔵は「味はつけるもんじゃない。材料の持つうまみを引き出すものだ」と言った。

うまみを引き出すのは、醬油やみそや酒など、発酵させてつくる調味料だ。

とくに好んだのが醬油で、四、五回に分けて入れていた。

味が足りないから足すのではない。

最初に入れるのは、下味をつけ、素材のうまみを引き出すため。

最後に加えるのは、香りづけ。熱の入らない生《き》醬油ならではのすがすがしい香りをまとわせるため。

それぞれ役目が違うのだ。

お高は思い切っておでんだしとそばだしを使うのをやめてみた。

慣れないせいか、毎日、味が少しずつ変わる。

けれど、考えてみたらそれも悪くないのだ。

かんかん照りの暑い日としとしとと雨が降る肌寒い日では味の感じ方が違う。それを踏まえて調理するのも思いやりだ。

それが惣衛門たちが言う華とか、色気のある味かもしれない。

おでんだしとそばだしを使って同じ味になるのが楷書《かいしょ》なら、季節やその日の天気、食材の状態によって自由にくずして、自在に変化する味が草書。九蔵にしか出せない味だ。

「ねぇ。これでいいと思う？」

お高は心配になってお栄に五目豆の味見を頼んだ。

「おいしいですよ。このままひと晩おけば、味が落ち着きますよ。心配しなさんな。大丈夫、お高さんの舌は旦那さん仕込みですから」

お栄が笑ってうなずいた。

二

次の日、昼遅く、お客がまばらになったころ、おかねと母親が丸九にやって来た。

「こんにちは。ご無沙汰《ぶさた》してます」

おかねは以前とは違う、おっとりとした口調で挨拶《あいさつ》をした。

白地に青い花を散らした着物を着て、髪を結《ゆ》ってほんのり紅をさしている。わずかの間に見違えるように娘らしくなっていて、お高は驚いた。

「おめでとう。お嫁さんに行くんですってね」

お高が言うと、おかねは頬をそめた。

「ありがとうございます。今日はおっかさんと日本橋に買い物に来たんです。長く使いいものを買うなら日本橋だからって言われて」

隣の母親はおかねとよく似た明るい目をしていた。漁師のおかみさんらしく、しっかり者で陽気な人ではなかろうか。

「ついこの間まで海で男の子たちと泳いでいたから、嫁入りなんてまだまだ先のことだと思っていたんですけどねぇ。急に話が決まって、こっちもあたふたしているんですよ」

そんなふうに言う顔が本当にうれしそうだ。

お近も出て来て挨拶したが、すぐ引っ込んでしまった。

ふたりが奥の席で食事をしていると、剛太と幸吉が入って来た。

「奥の席にいらっしゃいますよ」

お高に言われて、ふたりはおかねと母親のいる席に向かった。

遠目に見る幸吉とおかねは似合いのふたりに見えた。よく日に焼けて広い背中をした幸吉は見るからに働き者の若い漁師という様子だし、おかねは少々のことではへこたれない、気性のしっかりとした娘の顔をしている。

以前から知った同士だ。すでに家族のような親しさが漂っていた。母親とおかねがにぎやかに話し、その時々に幸吉が口をはさむ。その脇で剛太はもくもくと飯を食べている。

堂々とした幸吉の隣に座ると、剛太は体も細いし顔つきも幼い。急に大人びたおかねの弟ぐらいにしか見えない。

お近は忙しそうに入り口のお客の相手をしていた。結局、おかねたちがいる間、お茶のお代わりを持って行くこともしなかった。

それでお高がおかねの母親やおかねや幸吉としゃべった。

花嫁衣装は昔からなじみの呉服屋に頼むけれど、そのほかの着物は日本橋であつらえてやりたい。所帯道具を買うならどこがいいか、簞笥《たんす》も化粧台も必要だというようなことを話した。幸吉の家では、若夫婦のために家を建て増すのだそうだ。

漁師はふだんの暮らしは地味でも、必要なときには思い切った金の使い方をすると聞いたことがある。まったくその通りで、日本橋あたりでは若夫婦のために家を増築するのは相当な金持ちのすることだ。嫁の実家が用意する簞笥の中には着物一式が入るのだ。ずいぶん贅沢《ぜいたく》なことだとお高は感心した。

四人が帰ってもお近は口数が少なかった。

午後遅く、のれんをおろして店じまいとなった。

洗い物があると井戸端に行ったお近がなかなか帰ってこない。お高が心配して見に行くと、お近がごしごしと鍋《なべ》を磨いている。

「力ずくじゃ、きれいにならないわよ」

お高が声をかけると、お近が顔を上げた。目がぬれている。

「いったい、どうしたの？」

肩に手をおくと、声をあげて泣きだした。肩を揺らし、顔を真っ赤にして小さな子供のようにしゃくりあげている。お高が手ぬぐいで顔を拭くと、さらに大きな声をあげてお高にしがみついてきた。

「あれぇ、なんだい、子供みたいに」

お栄が姿を現して言った。

「子供だよ。ほんとうに子供なんだよ、剛太のやつ」

お近は叫んだ。

「そこで泣いてちゃ、ご近所迷惑よ。中に入りましょ。話を聞くから」

お高はお近をなだめ、厨房に戻った。

温かい茶を飲むと、お近はようやく落ち着いた。

「それで、いったいなんなんだよ。おかねのことなんだろ。剛太がどうしたって？」

お栄がたずねた。

「だからさ、あたしはおかねのやつが憎らしくて、しょうがなかったんだ。あんなやついなければいいと思った。蹴飛《けと》ばして、殴って、消してしまいたかった」

お近はすすりあげながら言った。

「おやおや」

お高は肩をすくめた。

「剛太の兄貴といっしょになるって聞いたときは、ほっとした。もう、おかねのことは終わったんだってうれしかった」

「ああ、そうだよねぇ」

お栄がうなずく。

「それなのにさ、剛太のやつ、落ち込んでるんだ。子供のころからおかねが好きだったなんて言って。嫁さんにするって約束していたんだって」

お近は大きな声をあげて泣いた。

「お近ちゃんのことはなんて言っているの？」

「あたしも好きだって。でも、おかねも好きだって。それは、ぜんぜん違うもんだから比べられないし、どっちが上とか下とかいうもんじゃないんだって」

剛太はとんだ駄々っ子だ。お高は小さくため息をついた。

「おかねはもうすっかり幸吉にべったりだし、家でもみんなよかったよかったって言っているから、おかねが好きだなんて口が裂けても言うわけにはいかない。ずっと胸の中に閉じ込めているから苦しいんだってさ。あたしの顔を見ると泣きたくなるんだって」

「剛太につきまとっていたおかねちゃんが、手の平を返したように幸吉に寄り添っているから落ち着かない気持ちになっているんでしょ。お近ちゃんの顔を見て泣けるって言うなら、泣かせてあげなさいよ」

お高は言った。

「そうだよ。そういうところで、女の度量を見せてやらなきゃ」

お栄も続けた。

「そんなことできないよ。さっきの様子を見たよね。仏頂面《ぶっちょうづら》しちゃってさ。剛太はこのごろ、ずっとおかねのことばかり考えているんだよ。子供のころからおかねはかわいかったとか、仲が良かったとかさ。なんだよ、あいつ。悔しいよ」

お近はいらだってどすんどすんと地面を踏んだ。

「そうねぇ」

「なるほどねぇ」

ほおずき市だ花火だと、幼い恋のさやあてを演じていると思っていたお近とおかねだが、意外にも複雑なことになっているらしい。

しかし、じつのところ、お高もお栄も男女のことはとんと苦手なのだ。

すぐになぐさめる言葉も尽きてしまった。

困って、ふたりは顔を見合わせた。

「あ、そうだわ。これから幽霊寺に行ってみましょうよ」

お高は思いついて言った。

「はぁ？」

お近はぽかんとしてお高の顔を見た。

「そうだよ。それがいい。惣衛門さんも言ってたじゃないか。人間最後は骨になるんだ。そう思うと怒ったり悲しんだり悔しんだりしていることがささいなことに見えてくるってさ」

「そうよ。私もそれを聞いて行ってみたいと思っていたのよ」

「骨なんかどうでもいいんだよ」

文句を言うお近を急《せ》きたてるようにして三人で谷中の浄光寺に向かった。

道案内はお栄である。

「昔、住んでいたことがあるからね、あのあたりの道はよく知っているんですよ」

お栄は胸をたたいた。

谷中は寺が多い。当然、墓地も多くて、土塀をひょいとのぞくと卒塔婆《そとば》が並んでいたりする。路地は狭くて曲がりくねっていて、うっそうと茂った木が暗い影を落としている。蟬の声ばかりが大きくて、人影はない。

「なんだか、淋しいところに来ちゃったわねぇ」

お高はつぶやいた。

広い通りもあったはずだが、お栄がこちらのほうが近道だと言うからついて来たら、道はどんどん狭く、曲がりくねるようになった。

昼なお暗いというのは、こういうことを言うのだろうか。

「この道でほんとにいいの？」

お近が疑わしそうな目をする。

「大丈夫。任せなさいって」

お栄は自信たっぷりだ。

「それにしても、なんだってあの寺ではそんなふうに幽霊の絵を集めることになったのかしら」

お高は首を傾《かし》げた。

「あたしが聞いた話じゃ、檀家《だんか》さんの家で次々怪我《けが》や病気があってこれは何か、障《さわ》りがあるに違いないと思ってよくよく調べてみたら、その家の納戸から幽霊の絵が出て来た。その絵をお寺で預かってご供養したら、怪我も病気もなくなった。それから次々幽霊の絵が集まるようになったんだって」

お栄が答えた。

「最初に来た幽霊の絵には何か因縁《いんねん》話があるんでしょ？」

「道楽者の息子が嫁をとることになった。もてあそばれた娘が自分に似せた幽霊の絵を婚礼の祝いに贈ったんですよ。その後、娘は井戸に飛び込んだ」

「まぁ、怖い」

「息子も、その両親にも次々、恐ろしいことが起こって、とうとうその家は絶えてしまった」

お高は背中がぞくりとした。そこへお近がかぶせた。

「あたしが聞いたのは、心中話だ。お屋敷のお嬢さんと手代《てだい》が恋仲になって、反対した親が無理やり別の男と添わせようとしたんだ。それでふたりは竹林の中で毒を飲んだ」

「まぁ」

「で、夜になるとお嬢さんと手代がいっしょにいるところを見たっていう人が何人も現れた。面白いって喜んだ物好きの金持ちが絵描《えか》きにその絵を描かせた。その絵が出来たら

……」

お近は恐ろしそうな顔をした。

「どうしたの？」

「金持ちがぽっくり死んだ。絵描きも狂い死にした」

「ひゃあ」

お高とお栄は悲鳴をあげた。

「その絵を見た人も次々、死んだり怪我をしたりした。それでお寺に預けられた」

お近は得意そうにしゃべる。

「どんな絵かしら。怖いわねぇ」

「怖いですよ」

「でも、供養されているから取りつかれたりはしないんだってさ」

「当たり前だよ。幽霊を背負って帰って来たら洒落《しゃれ》にならない」

はははと笑ったけれど、その声が低い。

細くて暗い道がどこまでも続いて、いっこうに広いところに出る気配がない。

早くこの陰気な路地を抜け出たい。

そして幽霊寺に着きたい。見た人が狂い死にしたという恐ろしい絵を見たい。

怖いのが嫌なのか、怖い思いをしたいのか。

よく分からないまま、三人の足は速くなる。

お近も剛太のことで腹を立てていたことなどすっかり忘れたふうである。

「こっちですよ。ここをまっすぐ。もう着きます」

お栄が言った。

そのとき、土塀の陰からひょいと黒い人影が現れた。

「ひゃあ」

「あれぇ」

「わっ」

三人は悲鳴をあげた。

「ええっ、なんですか？」

人影のほうも驚いた声をあげた。

「なんだ、丸九のお三人じゃないですか。おどかさないでくださいよ」

よく見れば、作太郎の友達のもへじである。よほど驚いたのか、額に汗をかいている。

「私たち、これから幽霊寺に行くところなんです」

お高は答えた。

「ああ、今、人気ですからねぇ。たくさん人が来ているみたいですよ。幽霊寺ならこの道をまっすぐ行けば着きますから」

「もへじさんも幽霊寺ですか？」

お栄がたずねた。

「まぁ、そうというか。浄光寺には知り合いの墓があるんですよ。命日なんで、墓参りに来たんです」

「そうですか」

「じゃあ、みなさんで楽しんできてください。いや、楽しんでというのは、おかしいかな？」

もへじは首を傾げ、笑いながら去って行った。

言われた通りに細い路地を進むと、人通りのある広い道に出た。そこが浄光寺の入り口になっていた。どうやらお高たちは寺の裏手から来たらしい。

参道の先に仁王像のある立派な門があった。それをくぐると、広い庭で、石畳を歩くと本堂がある。参詣者《さんけいしゃ》が三々五々歩いていた。

本尊の阿弥陀如来《あみだにょらい》にご挨拶をして左に進むと、画を置いてある部屋があった。中はひんやりとして薄暗く、ろうそくがともっていた。すでに何人もの人がいて絵をながめている。

「おっかないねぇ」というささやきが聞こえた。

最初の絵は子供を抱いた母親の幽霊だった。母親の顔には死相が現れているが、子供は丸々と太って愛らしく手には水飴《みずあめ》を持っている。死んだ母親が赤ん坊のために水飴を買いに来るという幽霊話を描いたものらしい。

その次は髪を振り乱した恐ろしい形相の女の幽霊で、その隣は鏡に向かう女の後ろ姿。後ろ姿は楚々《そそ》としているが、鏡に映っているのは骸骨《がいこつ》だ。

「絵から抜け出てきそうねぇ」

お高は背中が寒くなったような気がした。

「嫌だねぇ。今晩、夢に見そうだよ」

そう言いながら、お栄はじっくりと絵をながめている。

「幽霊はみんな美人なんだ。そうだよね。おへちゃじゃ、怖くないもんねぇ」

お近は妙なことに感心している。

次の部屋も女の幽霊の絵が並んでいた。

もやの中に白い着物を着た若い娘がいた。

四谷《よつや》怪談なのか、髪が抜け、顔の半分がただれた女が恨めしそうな顔でこちらを見ている。

山姥《やまんば》が骨をかじっている姿がそれに続く。

恐ろしいというより、だんだん悲しい気持ちになってきた。幽霊たちの無念な想《おも》い、悲しみが伝わってくるのだ。

最後の絵は春の野原にしゃれこうべがひとつある図だった。目があった丸い穴から草が伸びて緑の葉をつけている。

──人間、最後は骨になるんですよ。それを思うと怒ったり悲しんだりするのがばかばかしくなりますよ。

惣衛門の言葉は、この絵の感想だったのだろうか。

「命が消えたら、喜びも悲しみも、すべてが遠くなるのかしら」

お高はつぶやいた。

人間最後は白い骨になる。

──結局、人の欲っていうのは、肉のことなんだね。その肉が落ちて白い骨だけになったら、もう何もない。あたしはね、極楽浄土なんて信じていないんだ。どうせ、あたしはお浄土に行くような生き方をしてこなかったから。それでも、あの絵を見ていると安心する。いっそ、不思議な安らぎがある。死ぬのはいやだよ。だけど、しょうがないって思えるんだ。

そう語っていたお蔦の声が聞こえたような気がした。

「白い骨になったら、なんにもできないよ。人間生きているうちが花ですよ。あたしなんか、お化けになるくらいこの世に未練があるっていうのが、うらやましいね。一度くらい、好きだ嫌いだって言ってじたばたしてみたいと思うよ」

お栄があっさりと言い、お近をながめて付け加えた。

「あんたなんか、これからだからさ。しっかりとおやり」

お近はきらりと光る目でお栄を見たが、何も言わなかった。

暗い堂を出ると、夏空が見えた。日はまだ高く、明るく木々の緑が目にしみた。蟬の声がうるさいほどだ。

「あたし、決めた。剛太に意見してやる」

お近がきっぱりと言った。

「ほう、そうかい」

お栄がお近を振り返った。

「もう決まったことなのに、いつまでも未練たらしくぐずぐずしているなんて男らしくないからね。がつんと言ってやる」

「あんまりきつく言わないほうがいいんじゃないの？」

お高はどうしたものかと思いながら言った。

「いいんだよ。それでも分からなかったら仕方ない。こっちから願い下げだ」

お近は目を三角にした。

「よし、その意気だ」

お栄がけしかける。

「幽霊なんて、お話だよ。本当はいないんだ。今、生きているうちになんとかしなくちゃ」

まだ最後の部屋が残っているのに、お近は本堂の方に戻っていこうとする。

「どこに行くの？」

「剛太を探しに行くんだ。どうせ、あいつ、おかねのそばにくっついているんだ。日本橋で買い物をすると言ってたから、それらしい店をのぞいたら見つかるよ」

肩をそびやかし、大股でどしどしと歩いていった。

「へへ、面白いねぇ。あたしもついていこうかな」

お栄が言ったので、お高はあわてて袖《そで》を引いた。

「もう、よけい面倒なことになるからやめてちょうだい。最後の部屋に行くから」．

廊下を進み、植え込みのある庭をぐるりとめぐって、本堂の裏手の部屋に行った。

そこが最後の部屋で正面の壁に大きな掛け軸がかかっている。

それは釈迦《しゃか》の入滅《にゅうめつ》を描いた涅槃《ねはん》図《ず》だった。

変わっているのは、釈迦は枯れた松として描かれていて、まわりに集まった弟子たちもすべて植物として描かれていることだ。

「悲しい絵ですねぇ」

お栄がつぶやいた。

お高は以前、別の涅槃図を見たことがある。

中央に釈迦が横たわり、その周りに弟子や動物たちが集まって嘆き悲しんでいるのだ。

弟子たちは天をあおぎ、声をあげて泣いている。

けれど、悲しい、淋しいという感じはあまりしなかった。

釈迦の肉体は滅んでも、魂は滅びない。仏となって永遠に生きつづける。

それを伝えるものだからだったのだろう。

けれど、目の前にある涅槃図はひどく淋しかった。

びょうびょうと冷たい風が吹き、粉雪が舞っている。

弟子たちは萩《はぎ》や女郎花《おみなえし》、牡丹《ぼたん》に桜とさまざまな花の姿で表されている。その花は散り、葉は枯れ、つぼみは固いまま首を垂れている。灌木《かんぼく》は風になぎ倒され、地面に伏した草は枯れてねじれている。画面の脇に描かれた木々は枯れ枝で、釈迦を表した松もひび割れている。

すべてが死を感じさせた。

この世のすべてが滅んでしまうようだった。

誰が、なんのためにこんな悲しい絵を描いたのだろう。

見つめていると、胸が痛くなった。

動けなくなった。

「もう、行きましょう」

お栄がお高の手を引いた。

立ち上がったとき、新しく入って来た人がいた。

作太郎である。

「あら」

お高は声をあげた。

作太郎もこちらに気づくと、お高の横に座った。

「幽霊の絵を見にいらしたんですか？」

「というより、この掛け軸に会いに来たんです」

「この掛け軸に？」

お高はもう一度、掛け軸をながめた。

「淋しい絵でしょう。これは仲の良かった男が描いたものです。その男はもういません。自ら命を絶ちました」

作太郎はそれきり何も言わなかった。

お高も聞いてはいけないような気がした。

作太郎は黙って掛け軸をながめている。悲しい目をしていた。

座敷は夏の光に溢《あふ》れているのに、作太郎のまわりだけに暗い影が差しているような気がした。

蟬しぐれがうるさいほどだった。

土の中で何年も暮らし、地上に出てきた蟬はほんの数日を太陽のもとで過ごす。その間こうやって鳴きつづけ、子孫を残して死ぬ。

命を燃やし尽くした蟬は地面に落ちている。もう、飛ぶ力もなくて、むなしく足を動かしているだけだ。

死んだ蟬は空っぽの抜け殻だ。何も残っていない。

人もそんなふうに空っぽの抜け殻になることがあるのだろうか。

恨みや憎しみや悲しみを捨てたら空っぽになれるのだろうか。ひゅうひゅう風が吹き抜けるような空っぽの抜け殻になったら、もう何も感じないのか。

いや、淋しさだけは残るだろう。後悔もあるかもしれない。お高はぼんやりとそんなことを考えていた。

作太郎はすぐ隣にいるのに、体温が感じられなかった。もしかして、作太郎は空っぽの心を抱えているのではないだろうか。蟬のように。それはこの絵を描いた男とかかわりがあるのかもしれない。だから、この絵に会いに来たのか。

お高は自分の考えに少しあわてた。

どうしてそんなふうに思ったのだろう。お高の知っている作太郎は飄々《ひょうひょう》として、いっしょにいると楽しい男なのに。

けれど、今、隣にいる作太郎からは軽やかさも楽しさも伝わってこない。

びょうびょうと風が吹き、雪が舞い、すべてが死に絶えた世界に身をおいているかのようだ。

お高は作太郎のことが不思議だった。

双鷗《そうおう》が認める絵の力がありながら絵を描かず、窯《かま》をたずねて歩いている。けれど話を聞く限り、修業という感じはあまりしない。素封家《そほうか》のもとで客人として過ごしているという。それが作太郎の望んだ生き方らしい。

本当にそうなのだろうか。

旅に出れば江戸が恋しくなり、江戸にいると旅に出たくなるという。根っからの風来坊《ふうらいぼう》なら江戸を恋しがったりはしないだろう。旅を住みかとするなら、振り返ることはしない。

蟬の声はますます大きくなった。お高の頭の中で反響している。

隣のお栄は身じろぎもしない。

もう暑さは感じない。ひんやりとした冷たさが足元から背中に這《は》い上がってくる。

どれぐらいそうしていただろうか。

お高はもう、いたたまれなくなっていた。

「あのまた、ぜひ、お店にいらしてください」

もっと気のきいたことが言えたらいいのにと思いながら、お高は立ち上がりかけた。

作太郎はふと夢から覚めたように、お高を見た。

悲しみの色は作太郎の瞳から消えていた。

「もしよかったら、甘い物でも食べに行きませんか？　この近くに、おいしいくず餅《もち》の店があるんです」

いつもの軽やかな笑顔を浮かべて言った。

浄光寺を出て、通りを少し行った先に茶店があった。

赤い傘を目印に出した店先に三人で座った。

きな粉と黒蜜《くろみつ》をかけたくず餅がお茶といっしょに運ばれてきた。

白いくず餅はひんやりとして、もちもち、しこしことした歯ごたえがあり、香ばしいきな粉ととろりとした甘い黒蜜をからめると、なおいっそうおいしく感じられた。

「亀戸《かめいど》や川崎大師《かわさきだいし》のくず餅もおいしいけれど、この店も悪くないでしょ。裏でつくっているんだそうですよ」

作太郎が説明した。

「夏場にはいいわねぇ。丸九でも出せないかしら」

お高はつぶやいた。

「いいと思いますけど、くず餅はうどん粉を木樽《きだる》に仕込んだものだから、とても時間と手間がかかるんですよ。この店も三月《みつき》、半年と地下のむろで寝かせているそうですよ」

「おや、そうなんですかぁ。作太郎さんは何でも知っているんですね」

お栄が感心したように言った。

たしかにくず餅にはかすかな酸味と独特の匂いがあった。

「なんでも川崎大師の参道で焼き麩《ふ》をつくっている店があったそうなんですよ」

焼き麩はうどん粉を水で練って粘りを出し、それを焼いて乾燥させたものだ。保存がきいて、水で戻せば汁の実や煮物に使える。だしをよく含むので丸九でも重宝している。

「水で練ると、水が白く濁るんです。その水を捨てて、新しい水を加えてまた練る。何度も繰り返すうちに粘りが強くなる。で、店のおやじがあるとき、その水を流した樋《とい》を見たら、白いものが残っていた。もとはうどん粉ですからね。もったいないと思って蒸した。試しに猫に食べさせてみたけど、なんともない。自分で食べてみたら、案外うまい。それがくず餅のはじまりだそうですよ」

作太郎が解説した。

「つまり、麩をつくった残りってわけなの？」

お高は笑いながらたずねた。

「そうですよ。今じゃ、焼き麩屋が白い水を貯《た》めて、くず餅屋におろしています。むろで寝かせて蒸すと、この風味が出る。捨てていたものが、こうやっておいしく食べられるようになった。いいことじゃないですか」

「ああ、まったくだ」

お栄もうなずく。

お高はふたりの会話を聞きながら、ひんやりとしたくず餅の感触を思い出していた。

「店で出したいと思っているんですね」

お栄がたずねた。

「そうなの。だって、おいしいじゃないの。この半分の量でいいのよ。小鉢に入れて、こんなふうにきな粉と黒蜜をかけて出したら喜ばれると思うわ」

お高は答えた。

「それはいい。私も食べたい」

作太郎は笑顔で答えた。

そのとき黒っぽい着物を着た女が入って来た。

「おや、作太郎じゃないか」

女はつかつかと歩いて来て、すぐ近くに座った。五十に手が届くだろうか。やせて背が高く、頬骨が目立つが鼻筋の通った整った顔立ちをしていた。裕福な家の妻女だろうか、髪をきちんと結い、つやのある黒い上等の着物を着ていた。

遅れてやって来た女を見て、お高ははっとした。

英のおりょうだった。

白くきめの細かい肌に黒い豊かな髪。黒いまつげで縁取《ふちど》られた濡《ぬ》れたような大きな瞳が美しかった。

店にいた男たちは顔を上げ、おりょうを目で追った。

おりょうは作太郎を見て、一瞬とまどった表情を浮かべた。

「気にすることはないよ。こっちにおいで」

女が呼び、おりょうは女の隣に座った。

「さっき、墓でもへじさんに会ったよ。お前さんも、墓参りかい？」

「いや。涅槃図だけを見て来た」

作太郎は不機嫌そうな様子で言葉少なに答えた。

「ここまで来たんなら花でもたむければいいだろうに。相変わらず中途半端なことをする男だ」

女は横を向いた。

隣でおりょうは困った顔をしている。

店の女がふたりにお茶とくず餅を持ってきた。ひと口お茶を飲んで、女がたずねた。

「こちらはお連れさんかい？」

「日本橋で丸九という店をやっております。作太郎さんはお店によく来られるお客さんで、たまたま、今日はお寺でいっしょになりました」

お高が挨拶をした。

「そうかい。あたしは猪根《いね》。作太郎の姉だ。それから、こちらは」

おりょうの方を振り返った。

「以前、お店でご挨拶をいたしました。英のおかみのおりょうです」

落ち着いた様子で軽く頭を下げた。

「私の妹だ」

ぼそりと作太郎が言った。

お高は驚いて作太郎の顔を見た。

作太郎は英の家の者だったのか。そしておりょうとは兄と妹。

だから、英に作太郎の皿が飾られていたのか。

若いころから出入りしていたというのは、それが理由か。

お高の心を読んだように、猪根は意地の悪い目をした。

「正確にいえば許嫁《いいなずけ》だ。おりょうさんは英の血筋ではない。父の知り合いの娘さんでね、十歳のときにうちに来た。ゆくゆくは作太郎と夫婦になって、英を支えてもらうはずだったんだ」

「俺は料理屋の主人には向いていない」

作太郎が低い声で言った。

「料理屋の主人は重石《おもし》のようなもんだ。おかみがしっかりしていればいいんだよ」

「作太郎さんは絵の道に進みたかったんですよ」

おりょうが控えめな調子で言葉をはさんだ。

「今は何も描いてないじゃないか。焼き物をやりたいとかなんとか理屈をこねて、英の金を使って、あちこちふらふらしているだけだ」

「いい加減にしてくれ」

作太郎は声を荒らげた。

「怒ったね。帰りたいならお帰りよ。今のあんたの帰る場所はどこなんだよ」

猪根は口をへの字に曲げて作太郎をにらんだ。そしてお高の方に向き直った。

「お高さんとおっしゃいましたね。悪いことは言わないから、この男はやめておきなさい。この男はね、ずるいんだ。困ったことにぶつかると逃げるんですよ。英からも、一番大事な友達からも、とうとう絵からも逃げ出した。まわりにいる者はその尻《しり》ぬぐいを押し付けられる。気の毒におりょうは英をひとりで守っている。婿《むこ》を取ったらと周りがすすめても、作太郎さんの帰る場所がなくなるからと首を縦にふらない。そうやって年月だけが過ぎていく。もう、私はどうしていいのか分からない」

そう言うと目頭をぬぐった。

「そんなふうにおっしゃらないでください」

おりょうが猪根の背中をやさしくなでた。

作太郎は鼻白んだ様子をした。

お高とお栄は席を立った。

三

丸九に戻って、急須《きゅうす》に残っていたほうじ茶を飲んだ。

「許嫁がいたんですねぇ」

ぽつりとお栄が言った。

「そうねぇ」

お高は答えた。なんだか魂が抜き取られたように体に力が入らない。

「決まった人がいるなら、最初から言ってくれないとねぇ」

お栄は少し憤慨していた。

「ほんとね」

文《ふみ》を心待ちにしたり、茶碗をもらって喜んだりした日々はなんだったのだろう。

作太郎にとってはなじみの店のおかみでしかなかった。

お高がひとりで舞い上がっていたのだ。

恥ずかしさで頬が赤くなった。

「あたしは前から思っていたんですけどね、所帯持ちとか、決まった人がいる男は見てすぐ分かるようにしてほしいですよ。着物の柄とか、下駄《げた》の鼻緒の色とかね。『あ、この男はだめだ』とか、『おや、大丈夫なんだ』とかさ。こっちにも心づもりってもんがあるんだから。女の丸髷《まるまげ》やお歯黒だけじゃなくてさ」

「そうよねぇ。いっそ背中に貼《は》り紙でもしてもらおうかしら」

お高は明るい声を出した。

「ああ、それがいいですよ。『悋気《りんき》の激しい女房がいます。近づかないでください』とかね」

お栄が冗談めかして言った。

「『子供が五人いて、来月また生まれます』とか？」

お高も続ける。

「そうそう。『顔もまずいし、稼ぎも少ないけど、女房になってくれる人いませんか』なんてね」

「『飲む打つ買うですが、それでもいいでしょうか』は？　ああもう、そんなこと書かれても何にも楽しくない」

「まあ、世間なんてだいたいそんなもんですよ」

ははは、とふたりで声をあげて笑った。

そうしたら、少し元気が出た。

「甘いものでもつくろうかしら」

「いいですね。甘い物を食べると気持ちが穏やかになるんですよ」

お高は籠《かご》を持って立ち上がった。

「買い物ですか？」

「黄身《きみ》しぐれをつくるの。口の中でほろほろっとくずれて、卵の香りが広がるようなの」

「ああ、楽しみだ」

ふたりで外に出た。

夕刻が近づいているが、空はまだ明るい。

卵と白あんとあずきあんを買って丸九に戻った。

卵を固ゆでにして黄身を裏ごしにかける。目の細かい裏ごし器でていねいにこし出したら、それを白あんに混ぜて、粉も加える。これが外の皮になる。

その間に、お栄はあずきあんを丸め、蒸籠《せいろ》の用意をする。

あずきあんを、黄身を加えた白あんの皮で包む。

台の上にころりと丸い、黄色い玉が並んだ。蒸籠に並べて蒸しあげるのだ。

「黄身しぐれのつくり方はどこで習ったんですか？」

「ずいぶん前に菓子屋さんが教えてくれたのよ。一度、つくってみたかったの」

自分でこしあんをつくるのは手間がかかるし、卵は高価だ。

そんなわけで丸九の甘味には使えないまま、お高の記憶に残っていた。

「やっと日の目を見たわけだ」

お栄はうなずく。

しばらくすると、甘い香りが漂ってきた。

「ああ。卵だ。うれしいねぇ。贅沢だよ」

お栄はうさぎのように鼻をひくひくとさせた。

お高はそうっと蒸籠の蓋《ふた》をあけて中をのぞいた。

「いい感じ。きれいにひび割れている」

包んだときはつるりときれいな表面だったが、蒸しあがるとひび割れが出来て、中のあずきあんが顔をのぞかせている。

火からおろしてそのまま冷ます。

蒸したてでやわらかい黄身しぐれをつかむと、指のあとがついてしまうのだ。

「じゃあ、その間にお茶でもいれますか」

お栄が腰を上げた。

「せっかくだから、いいほうのお煎茶《せんちゃ》をいれましょう」

棚の奥から来客用の茶葉を入れた茶筒《ちゃづつ》を出してきた。客用の萩の急須と湯飲みも取り出す。

熱い湯で急須と湯飲みを温めてから、その湯をお茶を入れた急須に移す。濃い緑の先のとがった巻きのしっかりとした茶葉はゆっくりと葉を開いて、味と香りを湯に移す。

厚手の萩の茶碗を手に取ると、指から手の平へとぬくもりが伝わってきた。

すがすがしい香りが鼻をくすぐる。

香気とともに、ほのかな苦みと甘みが口に広がった。

「お茶をいれるのが上手ねぇ」

「小笠原《おがさわら》流ですから」

そう言うと、お栄は眉につばをつけるまねをした。小笠原流は鎌倉時代から続く武家の礼法のひとつだ。

「嘘《うそ》ですよ。お茶のいれ方も言葉遣いも礼儀作法も、みんな旦那さんに教えてもらいました。あたしは生まれも育ちも長屋でね。おとっつぁんとおっかさんは北の生まれで、食い詰めて江戸に出て来た流れ者だ。上等なことはなあんにも知らない。野育ちですよ」

お高も客用の銘々皿《めいめいざら》に黄身しぐれをのせ、黒文字《くろもじ》を添えた。

「ふたりでお客さんごっこしている」

「たまにはいいじゃないですか」

黄身しぐれは口の中でほろりとほぐれて、卵の香り、白あんの甘さが広がった。けれど、そのとき、作太郎の顔が浮かんで鼻の奥がつんとした。

「猫でも飼いませんか？」

「食べ物屋に猫はまずいでしょ？」

「そんなことないですよ。ねずみよけになりますから。いいですよ。なでていると気持ちよくて。それにあったかい」

「そうねぇ」

お高は答えた。

なぜかおりょうの顔が浮かんだ。

許嫁がいるということに驚いたが、しかもその相手がおりょうだったということに衝撃を受けた。

美人でよく気がついて、そのうえ、英のような名店を仕切っている。

どこをとっても、お高とは比べ物にならない。

作太郎のような男には、ああいう人が似合いなのだ。

のどの奥が辛《から》くなった。

黄身しぐれからも上等の煎茶からも味が消えた。

こぼれそうになる涙をこらえた。

お栄が小さくため息をついた。

「まったく、あのねえちゃんの言う通りだ。罪つくりな男だよ」

「でも……、そんなふうに言ったら作太郎さんが気の毒だと思うわ」

お高は小さな声で言った。

お栄はあきれたようにお高を見た。

お高が口を開こうとしたとき、大きな音がして戸が開いた。

お近が立っていた。

顔は涙でぐしゃぐしゃで、はだしの足から血を流している。

「いったい何があったの」

お高は思わず腰を浮かせた。

「橋のところからずっと駆けて来たんだ。剛太のやつ、あいつは大馬鹿だ。最低だ。糞《くそ》だ」

お近は叫ぶと、大きな声をあげて泣きだした。

「剛太さんとけんかしたのね」

お高は言った。

「まあ、それならよかったよ。悪い男にかどわかされそうになったかと思った」

お栄も少しほっとした顔になった。

「よくない、全然よくない」

お近が大声をあげた。

「分かったから、とにかく井戸に行って足を洗ってきなさい」

お高は手ぬぐいを渡し、お栄が厨房の隅から古い下駄を探して履かせた。

戻って来たお近は少し落ち着いた様子になっていた。

「何があったの？」

お高がたずねた。

「聞いてやるから、ちゃんと最初から話しな」

お栄も言った。

お近はお栄の隣の床几《しょうぎ》に腰をおろした。

「あれから日本橋に戻って剛太のやつを探したんだ。そしたら茶店で見つけた」

しゃくりあげながら、お近はぼそぼそと話しだした。

「おかねのおっかさんとおかねといっしょだった。幸吉さんはとっくに帰ったのに、剛太は未練たらしくくっついていやがった。荷物持ちをしているんだ」

「そうかい」

お栄が三人にお茶をいれながら答えた。

「おかねはどこかのお嬢様みたいに気取ってさ、もう、剛太のことなんか鼻にもかけてないっていうのがありありなんだよ。それなのに剛太はうれしそうに、おかねのそばでまんじゅうを食べていた」

「お近ちゃんは、それでどうしたの？　剛太さんに何か言ったの？」

「剛太のところに行ってさ、丸九で仕込みがあるから手伝ってくれって言ったんだ。そしたら……」

お近の顔がゆがんだ。

「おかねのやつが剛太に、手伝ってやればいいじゃないって」

「ほう。おかねは余裕があるねぇ」

お栄は含み笑いをする。

「ところが剛太は動かない。兄ちゃんたちといっしょに船で品川に帰るとかなんとか、ぼそぼそ言っているんだ」

困った顔でうつむきがちに何か言っている剛太と、目を吊《つ》り上げていらだったお近の様子が目に見えるようだ。

「だから、つい、あたしはさ」

「うんうん、それでどうした」

お栄は身を乗り出す。

「下駄で剛太をなぐった」

「まぁ」

お高は思わず声をあげた。

「なぐりながら言ってやったんだ。剛太は兄弟の一番下だけど兄ちゃんに負けないくらいよく働いて、海のことも漁のこともよく知ってて、海が荒れても怖がらないで勇気がある。そういう剛太が好きなのに、今の剛太は全然違う。そんな剛太を見たくない。今の剛太はあたしの好きな剛太と違う」

おかねは叫び声をあげ、おかねの母親は止めに入ろうとして、お近に振り飛ばされた。茶店にいた男がお近の手から下駄をもぎ取ってその場は収まった。その間、剛太は抵抗もせず、体を丸めてお近になぐられるままになっていた。

「みんながわいわい騒ぐから、あたしは逃げて来た」

「よくやった」

お栄が手をたたく。

「もう終わりだよ。この世の終わりだ」

お近はまた声をあげて泣く。

「そうねぇ」

お高は言葉に詰まった。

さすがに下駄でなぐるのはやりすぎだ。

「別にこの世の終わりじゃないさ。明日はまた、お天道《てんと》さんが昇る。とりあえず、お菓子でも食べなよ」

お栄はあっさりと言って、黄身しぐれをすすめた。

お近はよく見もせず口に入れ、「何、これ、おいしい」と目を見張った。

「あれから、こっちもいろいろあったから、お高さんがつくったんだよ」

お栄は新しいお茶を注《つ》いだ。

さっきまでべそをかいていたお近はたちまち元気を取り戻し、「もうひとつ、食べてもいい？」と言いだした。

「現金な子だねぇ」

お栄が笑う。

お高もつられて笑いだした。

ふっと心が晴れたような気がした。自分はいったい何を嘆いていたのだろう。

お高は作太郎をどう思っていたのか。

もっと自分の目を信じてもよいのではないか。

お高の目は棚におかれた飯茶碗に注がれた。

白い土に薄青い釉がかかった美しい茶碗だ。肉厚だがもろい。繊細ではかなくて、少しのことで欠けてしまいそうだ。やさしく手の上に収まって心地よい重さを伝える。まるで作太郎という人そのものではないか。

「私ね、いつか機会があったら、作太郎さんにあの掛け軸の話を聞かせてもらおうと思うの」

「はぁ？」

お栄が顔を上げた。

「ねぇ、だってね、許嫁のことだって別に隠していたわけじゃないでしょ。私も聞いたことはなかったし。おねえさんは逃げ出したって言っていたけど、きっと何か事情があったのよ。そう思わない？」

「ああ、はいはい。結構でござんすよ」

厨房の戸は開いていて、そこから裏の小さな空き地が見える。

燃えるような赤い色が見えた。

しし唐辛子がいつの間にか熟していたのだ。

「まったくお近もお高さんも、今が人生の花だ。あたしなんか、もうついていけない。いいよ、いいよ。好きにやったらいい」

お栄は嘆いた。

夏の日はまだ暮れそうにない。

お高は大きく息を吸い込んだ。草の匂《にお》いがした。

第四話　葛の葉、狐の嘘と真実《まこと》

一

裏の井戸端で洗い物をしていたお高は、お近の声で目を上げた。

「あ、赤とんぼ」

秋空を一匹の赤とんぼがすいっと通り過ぎた。

ついこの間まで蟬《せみ》がうるさく鳴いていたと思ったのに、いつの間にか季節が移っている。刺すような強い日差しもいつの間にかやわらかくなって外の風が心地よい。丸九の女たちも、井戸端に集まって洗い物をしながらおしゃべりする時間が長くなった。

「竹ざるはいかがですか」

やさしげな女の声がして、手ぬぐいで姉《あね》さんかぶりをした物売りが姿を現した。年のころは二十《はたち》ぐらいか、ふっくらとした頬《ほお》に丸い鼻のかわいらしい顔立ちをしていた。

「お安くしておきます。見るだけでもかまいませんから」

女は手にした竹ざるを見せた。

すす竹を細く割って編んだもので、麻の葉模様に編んである。くすんだ竹の色も面白かった。

三寸（約九センチメートル）ほどの大きさだから、きのこの天ぷらをのせるにはちょうどいいかもしれない。

そんなことを思いながらお高がながめていると、お栄もやって来た。

「今日はどこから来たんだい？　ここら辺じゃ見ない顔だね」

お栄がたずねると、女は「葛飾《かつしか》から来ました。いつもは浅草《あさくさ》の方を回っています」と答えた。

「夏までは青竹でしたが、昨日からすす竹に替わりました。水で洗えるし、丈夫ですよ。お皿代わりになるって料理屋さんで喜ばれています」

女は明るい声を出した。

「ほかにも、いろいろあります」

女は背負《しょ》いごをおろして、中の品物を見せた。

さんざん迷って、お高は最初に見せてもらった竹のざるを選んだ。十個注文して出来上がったら、また、届けてもらうということにした。

その日は、五のつく日で、夜も店を開けた。

惣衛門が来て、すぐにお蔦がやって来た。

「今日は秋鯖《あきさば》の唐揚げと豆腐《とうふ》のみそ漬け、青菜と油揚げの煮びたしにご飯、甘味《かんみ》は葛饅頭《くずまんじゅう》です」

お高が献立《こんだて》を伝えた。

「豆腐のみそ漬けですか、お酒がおいしいですねぇ」

惣衛門がうれしそうに笑う。

豆腐のみそ漬けは木綿豆腐を厚い美濃紙《みのがみ》に包んでひと晩みそに漬けたものだ。水分が抜けてみそがしみた豆腐はうにやあん肝《きも》のようにねっとりとして、舌の上でやわらかにとける。二種類のみそにみりんを加えた丸九の豆腐のみそ漬けは、酒肴《しゅこう》にぴったりだ。

「葛饅頭かい」

甘党のお蔦も顔をほころばせる。

こしあんを吉野葛《よしのくず》でくるんで固めた葛饅頭は匙《さじ》の上でふるふると震えるほどにやわらかく、口にふくむと、するりとのどを過ぎる。奈良の吉野で一年で一番寒い寒《かん》の季節につくった吉野葛の風味とあずきあんの甘さが余韻となる。

「お高ちゃんの葛饅頭は日本橋の菓子屋もびっくりのおいしさだよ」

「ありがとうございます」

菓子屋では持ち帰りの間に形が崩れてしまうから、こんなにやわらかくはつくれない。店のお客に食べさせるからできる味なのだ。

しばらく待っていると、ようやく徳兵衛がやって来た。大きな風呂敷《ふろしき》包みを抱えている。

「あれ、どうしたんですか？　その荷物」

惣衛門がたずねた。

「いやね、角の古道具屋で見つけたんだよ」

風呂敷包みをほどくと、中から古ぼけたほこりだらけの壺《つぼ》が現れた。丸くふくらんだあたりに子供の姿が描かれている。

「ずいぶん古いものですねぇ」

惣衛門が言う。

「ちょいと。ほこりがたつからやめとくれ」

お蔦は眉をしかめて口元を袖《そで》で隠した。

膳《ぜん》を運んできたお高も、ほこりがかからないよう膳を持ったまま背を向けた。

「悪い、悪い」

徳兵衛はあわてて壺を包みなおした。

「これ、買ったんですか」

物衛門がたずねた。

「ああ」

「いくらで」

「二百文」

ずいぶんと安い。

「どこかで見たような気がしますけどね」

物衛門が言う。

「そうだろ。昔、俺が角兵衛《かくべえ》から買った壺とそっくりだ」

徳兵衛が言った。

「あのときの……」

物衛門が言う。

「そうだよ、あれだよ」

徳兵衛がうなずく。

物衛門はなんともいえない顔つきになり、酒を飲んだ。お蔦も素知らぬ顔で食べている。

酒も進んでお高が葛饅頭を持って行くと、徳兵衛がたずねた。

「お高ちゃんは提灯《ちょうちん》屋の角兵衛さんのことを覚えてないかい？　小さな息子と娘がいて、

やせたおやじさんと丸顔のおかみさんがいた。ふっくらとした頬と丸い鼻のやさしげな顔をしたおかみさんだよ」

お高は首を傾《かし》げた。

「覚えてないか。もう、十五年だもんな」

徳兵衛が言った。

「そのお店はもう、今は、ありませんよね」

お高がたずねた。

「うん。引っ越していった」

徳兵衛が言った。

夜逃げのように突然店を閉めて去って行った。当時は隣近所でずいぶんと噂《うわさ》になったものだ。その噂だけはお高の耳にも入っていた。

使用人に金を持ち逃げされたからとか、知り合いの借金の保証人になったからだとかいろいろ言われたが、本当のところはよく分からない。

「いなくなるちょっと前にさ、俺に壺を買ってくれって頼みに来たんだ。親父《おやじ》が大事にしていた壺で相当な値打ちもんだ。かならず買い戻しに来るから、それまで預かってくれって」

お蔦がちらりと徳兵衛の顔を見た。

その手の話はよく聞く。

値打ちものだというふれ込みだが、たいていは二束三文の安物である。

そもそも良い物なら道具屋に高値で売る。

金策に困って、知り合いに泣きついたというのが本当のところだろう。

「いくらで買ったんですか」

いつの間にかやって来たお栄も話に加わった。

「そりゃぁ、まぁ、ちょっとまとまった金額だよ」

そう言って片手を出した。

五両ということはないだろう。十五両。まさか五十両……。

お高とお栄は顔を見合わせた。

「それで、そのとき買った壺とそっくりな壺が古道具屋に売られていた」

惣衛門が言う。

「店の奥にほこりかぶってあるんだよ。それ見たら俺は哀《かな》しくなった。角兵衛もこんなふうに古びて、ほこりかぶって、淋《さび》しい人生を送ってんじゃねぇかと思ってさ。それで思わず買っちまったんだ」

「その壺、ちょっと見せてくださいよ」

お蔦が言うので、お高は一旦預かると井戸端に持って行って、ざっと水をかけて布でぬぐった。

思いがけず鮮やかな色絵の壺だった。

中央に子供が座って泣いている。脇に母親らしい女の後ろ姿がある。脇に和歌らしいものがあり、くるりと回すと裏側は葛《くず》の葉と狐《きつね》の絵柄だ。

「変わった絵柄《えがら》ですねぇ」

お高は三人に言った。

「これは歌舞伎の『蘆屋道満大内鑑《あしやどうまんおおうちかがみ》』だよ。和歌が書いてあるだろう『恋しくばたずね来て見よ和泉《いずみ》なる信太《しのだ》の森のうらみ葛の葉』ってさ」

徳兵衛が説明した。

『蘆屋道満大内鑑』は命を助けられた白狐が女房になるが、正体を知られ去って行く。子供はのちに陰陽師《おんみようじ》の安倍晴明《あべのせいめい》になったという物語である。

「こりゃあ、めずらしい絵柄だねぇ。案外いいものかもしれないよ」

お蔦がすまし顔で言う。

「馬鹿言うなよ。狐にばかされちまったよ」

徳兵衛が苦笑いをした。

「それで、この壺はどうするんですか？　徳兵衛さんのところにはもうひとつ、同じものがあるんでしょ」

惣衛門がたずねた。

「うん、だからさ。お高ちゃん、この壺、もらってくれないか？」

「ええっ。私がですかあ」

徳兵衛の言葉にお高は大きな声をあげた。

「だって、こんな壺、家に二個あっても仕方ねぇしさ」

「花でも活《い》けたらいいんじゃないですか？」

惣衛門も続ける。

「人助けの壺だよ。運を運んでくるかもしれないよ」

お蔦もすすめる。

結局、丸九で引き取った。

色は鮮やかだが、素人目《しろうとめ》に見ても上手な絵とはいえない。そもそも、子供は泣いているのである。

仕方ないので、表におくわけにはいかない。厨房《ちゅうぼう》で乾物《かんぶつ》を入れることにした。

お客が帰って、片づけ物をしながらお栄は壺をちらりと横目で見ながら言った。

「あの三人は何をたくらんでいるんでしょうねぇ」

その目が笑っている。

「たくらむって、何を？」

「だって狐の正体がばれる話じゃないですか」

「えっ、お栄さん、もうしゃべったの」

お高は思わずお栄をにらんだ。

「いや、あたしがしゃべったわけじゃないですよ。どこからか、聞いたんじゃないですか？」

お栄はとぼけた。

作太郎は英《はなぶさ》の跡取り息子で、おりょうという許嫁《いいなずけ》がいた。

そのことをお高に知られたせいかどうかは分からないが、ここ十日ばかり丸九に姿を現さない。

葛の葉狐は正体を知られて去って行った。

この際、作太郎のことはすっぱりあきらめろ。

それが三人の忠告なのだろうか。

「そんなにあれこれ考える人たちじゃないよ。とくに徳兵衛さんは」

お近がばっさりと切り捨てる。

「そうよねぇ」

お高は壺をながめた。

あの日以来、お近は剛太のことを口にしないし、剛太の父も兄も丸九を訪れない。

お近も剛太の本性を知ってしまったということか。

『恋しくばたずね来て見よ和泉なる信太の森のうらみ葛の葉』

壺に描《か》かれた葛の葉が揺れているように見えた。

二

それからまた何日か過ぎた。

相変わらず作太郎は現れない。

剛太もだ。

忙しく働いているときは忘れているが、店が終わってお栄もお近も帰ってひとりになったとき、お高は作太郎のことを思い出す。

このまま縁が切れてしまうのだろうか。

もともと薄い縁だったのだ。

早く気づいてよかったではないか。

棚の壺が目に入った。赤も黄も青も毒々しい。子供の姿がかわいらしくない。

一番嫌なのは、この歌だ。

『恋しくばたずね来て見よ和泉なる信太の森のうらみ葛の葉』

私は別に恨んでませんから。

お高は壺に向かって「いー」と口を広げた。


裏の戸をたたく音がして、政次の声がした。

「ちょいといいか？」

戸を開けると、政次とお近がいた。お近はひどくしょげた様子をしていた。

「あら、お近ちゃん、帰ったんじゃなかったの」

お高はたずねた。

「お近はこのごろ、毎日、船着き場のあたりで立っているんだ」

政次がお近の代わりに答えた。

お近は何か言いたそうに口をとがらせた。

「だから、そういうみっともないまねはやめろ」

政次の言葉にお近の目がうるんだ。

「まぁ、ふたりともひとまず入りなさいよ」

お高は床几《しょうぎ》をすすめ、ふたりの前に白湯《さゆ》をおいた。

お近は仕事が終わると市場の船着き場に行って、剛太を待っていたという。

「あたしは剛太にひと言あやまりたかったんだ。それだけだよ」

「分かってる。お近の気持ちを俺は分かった。だけど、男はそういうのが嫌なもんなんだ。困るんだよ。とくに剛太の年ごろはさ」

政次はぐいと白湯を飲むと続けた。

「それにあんなところで若い娘が人待ち顔で立っていたら目立つんだよ。すぐ噂になる。お前が下駄《げた》でなぐった話だって、面白おかしく伝わっているんだ」

「でも……」

お近の目に涙がたまった。

「一度、剛太さんとゆっくり話をしたほうがいいんじゃないの？」

そうすればお近の気もすむだろう。

「そういうわけにはいかねぇんだ。とにかく剛太のお袋がかんかんなんだってさ。あいつは四人兄弟の末っ子で、体も小さいだろ。お袋さんにしたら、赤んぼみたいなもんだ。特別かわいいんだよ。ところがお前と付き合うようになってあいつ、品川の家に帰らないことが何回かあった。友達のところに泊まっていたんだけどね、お袋さんは悪い友達でもできたんじゃないかと心配していた」

そんなときに、血を流して帰って来た。

しかも女に下駄で何度もなぐられたという。

「どんな性悪女だ。ただじゃおかないと息巻いている。お前、漁師のかみさんがどんだけ怖いか知らねぇだろ。とにかく、しばらく剛太には近づかないでくれ。俺も困る」

お高が煮豆の残りを皿に入れて出すと、政次は大きな口を開けて食べた。

「だいたいの話は聞いたよ。おかねと幸吉といっしょになるって決まって、剛太のやつ、急に、おかねにべたべたしだしたんだろ」

「そう」

お近は不貞腐《ふてくさ》れたように答えた。

「まったくしょうがねぇやつだ。あんな大馬鹿とは思わなかった。おかねと幸吉がしっかりしているからいいようなものの、そうでなかったら面倒なことになるところだった」

「剛太は最初からおかねが好きだったんだ」

「好きでもなんでもねぇよ。何にも分かっちゃねぇんだ。一時の気の迷いだ。なんとなくうらやましいだけだ」

政次は煮豆を食べる手を止めて、お近をぐいと見つめた。

「剛太がどういうやつか、早く分かってよかったじゃないか。お前、船着き場にいて男を見てたんだろ。いい男がいっぱい通っただろ」

「いないよ」

「いるさ。明日からは、もっと大きく目を開いて見ろ」

「もう、いい。行かないよ」

お近はぐすぐすと泣きだした。

「泣くなよ。困ったなぁ。まぁ、あとはお高ちゃん頼む」

そんなことを言って、政次は出て行ってしまった。

「お近ちゃん」

お高が声をかけると、お近は泣き顔を見られるのが恥ずかしいのか背を向けた。

「あんた、毎日、船着き場に行っていたの？　男の人ばっかりだったでしょ。怖くなかった？」

漁師や人足たちである。みんな日に焼けて体も大きく、汗をかくから裸同様の者もいる。

「怖かったよ。だけどさ、どうしても剛太に会って話がしたかったんだ。こんなふうにけんか別れするのは嫌だ」

お近はいつもまっすぐだ。思った通りに行動する。

後先を考えないから失敗することもあるけれど、あれこれ考えて迷っているお高は少しうらやましい。

「ね、なにか甘いものを食べに行こう。それで気持ちを切り替えて、また、明日、お店に来なさい」

「うん」

お近は顔を上げた。まつげが光っているが涙は止まったようだ。

ふたりで揚げ饅頭を食べに行った。

店先の床几に座って待っていると、店の人がお茶といっしょに揚げたての饅頭を持ってきた。ごま油で揚げた饅頭は、皮はぱりぱりとして香ばしく、中のあんは黒糖がきいていてたっぷりと甘かった。

「おいしいね」

お近はさっきまで泣いていたことなど忘れたように揚げ饅頭にかぶりつく。三つも平らげてお茶を飲むと、すっきりとした顔になった。

「剛太はさ、頭は悪いけど、人間は悪くないんだよ」

そんなことを言った。

「おかねもさ、剛太のことがなかったら、きっと仲良くなったんだ。面白い子だから」

「そうね。お近ちゃんとは気が合いそうよね」

ふたりとも気が強くて男まさりだ。

「あの壺はさ」

「どの壺？」

お高はたずねた。お近の話はあちこちに飛ぶので、ついていけない。

「徳兵衛さんが持ってきた壺だよ。あれはね、角兵衛さんがあやまりたかったんだ。それで壺が出てきたんだ」

「どうしてそう思うの」

「古い壺には魂が宿るんだ」

お近は分かったようなことを言う。

「角兵衛さんは徳兵衛さんをだましてお金を借りたんだ。いつか返したいと思っていたけど、返せないまま十五年も過ぎてしまった。あのときはありがとう、悪かったねって言いたいんだ。その気持ちが壺に伝わって徳兵衛さんの前に出てきた」

「そうねぇ」

「きっとそうだよ。ううん、絶対そうだ」

断言する。

「お近ちゃんは剛太さんに悪いことをしたと思っているのね」

「うん、そうだよ。ちゃんとあやまりたい、それだけ。許してくれなかったら仕方ない」

「分かった。じゃあ、そのことは、政次さんに伝えておく。政次さんから剛太さんに話してくれると思うわ」

「うん」

お近は晴々《せいせい》とした顔になった。

お高が家まで送っていくと言ったけれど、ひとりで帰れると去って行った。

丸九に戻ると、お高は無性に手を動かしたくなった。

お近は失敗を恐れない。

こうと思ったらまっすぐ進む。

それが少しうらやましい。

棚の壺が目に入った。

最初は安っぽくて妙に派手な色合いだと思ったが、見慣れると悪くないような気がする。

子供が泣いているのも、女が後ろ姿なのも、芝居のひとこまと思えば合点がいく。

壺の中を探ると、白ごまが出て来た。粒のそろった上等の白ごまである。

そうだ、ごま豆腐をつくろう。

手間がかかるのでめったにつくらない料理だが、今ならできそうだ。

お高はすり鉢を取り出し、さらさらと白ごまを入れた。すりこぎでゆっくりとていねいにあたりはじめる。

昔、九蔵に言われたことが思い出された。

「早く仕上げようなんてせこいことを考えるんじゃねぇぞ。ぐるぐると荒っぽくまわしたら、苦くなるんだ。ゆっくり、ていねいに心をこめてする」

九蔵はお高になかなか料理を教えてくれなかった。

料理は盗むものだ。掃除や洗い物をしながら手元を見るのだと言った。

英ではそうやって仕事を覚えたのだそうだ。

しかし、そんなことをしていたら何年かかるか分からない。

せっかく厨房に入らせてもらったのだ、早く覚えて、一人前になりたい。いや、一人前というのはおこがましい。

ともかく包丁を使いたい。

それで九蔵の弟子の伊平に頼んだ。

かつらむきを教えてもらった。

まずは包丁も持たずまねをする。その次は包丁だけを持つ。かつらむきならぬ、空《から》むきである。大根を持たせてもらうまでひと月ほどもかかってしまった。

そんなとき、九蔵にごまをするように言われた。

ごまをするのは手がくたびれるばかりで退屈で、すぐ飽きた。早く終えてかつらむきを練習したい。そんなことばかり考えていた。

「なんだ、まだ粒が残っているじゃないか」

九蔵はなかなかうんと言わない。

気持ちばかり焦り、そのうち腹が立ってきた。

それは自分にだったのか、理不尽と思えることを要求する九蔵にか。

心のざわつきは、ごまに表れた。

「苦みが出てるだろう。落ち着いて、ひとつひとつをていねいにやれ」

言われてお高は仕方なく、またごりごりとごまをする。

そのうちにすりすりというささやかな音になり、粒が見えなくなり、ねっとりとしてくる。

そうなってやっと裏ごしにかける。

今は、九蔵がなぜ、お高にごまをすらせたのか分かるような気がする。

あのころのお高は、早く一人前になりたいと焦っていた。

華やかな表舞台に立ちたかった。

けれど、板前の仕事というのは八割が地味な作業の繰り返しだ。板長ならばそういう仕事を新入りに任せることができるだろう。だが、一膳めし屋では、自分たちでやらなくてはならない。

面倒だから、手間がかかるからと楽な仕事に流れることを避けたかったのだ。手間や時間がかかっても、おいしくなる方法を選んでほしいと思っていたに違いない。

ふと無心になっている自分に気づいた。

いろいろな想《おも》いが消えて、目の前のすり鉢だけを見つめていた。

作太郎についてあれこれと思い悩む気持ちが消えていた。

「ごめんください」

戸口で訪《おとな》う女の声がした。竹細工《たけざいく》売りだった。

「先日ご注文の竹ざるが出来上がりましたので、お持ちしました」

お高が渡された竹ざるをながめていると、女は「こんなものもあります」と言って、包みを取り出した。

白竹を編んだ十寸ぐらいの竹ざるである。縁《ふち》の方に透かし編みを入れている。

「きれいなものねぇ」

お高は手にとって感心した。

「これはいかがですか」

竹で編んだ花活けを取り出した。

「一輪挿《ざ》しです。中に水が入るようになっています。壁にかけても使えます」

野の花を活けるのにちょうどいいくらいの大きさだ。

「青竹とすす竹と白竹の三つあります」

女が次々取り出したので、お高は少しあわてた。

「ごめんなさい。今回はこの竹ざるだけで。またお願いします」

日盛《ひざか》りを歩いて来たのだろう。女の首筋は汗で光っている。

お高は冷たい水をすすめた。

「たしか葛飾から来ていると言ったわね」

「はい。でも、子供のころは日本橋に住んでいました。とうちゃんたちは日本橋の生まれで、この近くで提灯屋をしていました。十五年ほど前に葛飾に越して、竹細工を商うようになったんです」

女はひと息に水を飲み干すとそう言った。

「色がきれいだし、気がきいているのは、日本橋生まれのせいかしらね」

お高の言葉に女はうれしそうな笑みを浮かべた。

「ありがとうございます。模様編みを入れたり、花入れの形を考えるのはかあちゃんです。考えるのはかあちゃんで、つくるのは父ちゃんとあんちゃんとあたしの亭主。それで売り歩くのはあたしとあんちゃんのお嫁さん」

「家族で働いているのね。楽しそうね」

「子供たちもいるから、にぎやかですよ」

女は笑顔になった。

ふっくらした頬と丸い鼻がかわいらしい。

お代を渡すと、女は「また来ますね」と小さく頭を下げ、出て行った。

お高は再び白ごまをすりはじめた。

ふとさっきの女の顔が浮かんだ。年は二十ぐらいか。品のいい顔立ちをしていた。かつては日本橋で提灯屋を営んでいたと言った。

棚の壺が目に入った。

まさか。

すす竹を編んだざるを取り出す。

裏返すと、小さな四角い焼き印が目に入った。

「小」の字。小田原《おだわら》屋の屋号だろうか。

お高はあわてて戸を開けて外に出た。

女の姿は見えなかった。

再び腰をおろして白ごまをすりはじめる。

だが、頭の中は先ほどの女のことでいっぱいだ。

ついにお高は立ち上がった。

すりごまが乾かないように紙で蓋《ふた》をすると、徳兵衛のところに向かった。

徳兵衛は酒を商う升屋《ますや》の隠居だ。お高は客のいる店の表を避けて裏手に回り、勝手口から声をかけた。

「丸九の高です。大旦那さん、徳兵衛さんはいらっしゃいますか?」

徳兵衛の女房のお清が出て来た。

「あら、お高さん。うちの人なら奥の部屋にいますよ。遠慮なく上がってくださいな」

「すみません」

女中に案内されて徳兵衛のいる離れに向かう。

「あれ、お高ちゃん。どうしたんだい? 今日は十のつく日だっけ?」

ひとりで将棋盤に向かって詰将棋をしていた徳兵衛がのんびりとした調子でお高を見た。

「十の日は明日ですよ。そうじゃなくってね、ほら、例の角兵衛さん、壺の持ち主。あの人の娘さんらしい人がさっき店に来たんです」

「へぇ、そりゃぁ、また……」

狸顔《たぬきがお》の徳兵衛は丸い目をぱちぱちとしばたたかせた。

「葛飾から竹ざるを売りに来た人がいてね、いろいろ話をしたら、以前は日本橋に住んでいたそうなんですよ」

「えっと、その人がそのう、角兵衛さんの娘さん? どうして分かったんだい?」

「いえ、そうと決まったわけじゃないんですけどね、十五年ほど前まで日本橋で提灯屋をしていたそうで、娘さんは二十ぐらい。頬がふっくらとして鼻が丸い、品のいい顔立ちなんですよ」

「だけど、それだけじゃねぇ」

徳兵衛は話に乗ってこない。

「ほら、これを見てくださいよ。竹ざるの裏に『小』の字が入っているでしょ。小田原屋の『小』の意味じゃないですか？」

お高は手にした竹ざるを見せた。

「そうだねぇ。ううん」

徳兵衛は困った顔になった。

ちょうどそのとき、襖《ふすま》が開いてお清が茶と羊羹《ようかん》を持って入って来た。

「楽しそうですねぇ。今日は何のお話ですか？」

「いえ、以前、徳兵衛さんが壺を買った提灯屋の角兵衛さんという方のことなんですけどね。どうも、その方のお嬢さんらしい人がたまたま丸九に来たんですよ」

お高は早口でしゃべった。

「え？　壺？　角兵衛さん？」

お清は首を傾げた。

「あ、いや、だからね。その話はさ」

徳兵衛は口の中でむにゃむにゃと言い、お高に目配せする。

そうか。

高い壺を買わされたことはお清には内緒なのだ。しっかり者のお清の耳に入ったら、徳兵衛の立場がない。

お高はあわててとりつくろった。

「あ、え、ですから、この竹細工なんですけどね。大きさも手ごろだし、しっかり作ってありますよね」

お清にざるを手渡した。

「まぁ、ほんと。色もいいし、料理が映えそうねぇ」

「花入れなんかもあるんですよ。今度来たら、こちらのお店にも寄るように伝えますね」

「そうねぇ。そうしてくださいね」

お清は茶と羊羹をおくと出て行った。

徳兵衛はふうと大きなため息をついた。

「困るよ、お高ちゃん。うっかりしたことを言わないでくれよ。たけのこの一件以来、かみさんには頭が上がらないんだから」

いやいや、徳兵衛がお清に頭が上がらなくなったのは、もうずっと以前からである。

お高はそう思ったが、黙っていた。

「すみません。気づかなくて」

「まぁ、いいさ。壺の話はもういいんだ。娘さんには何も言わないで、そっとしておいてくれよ。誰だって父親の不始末の話なんか聞きたくないだろ。俺は角兵衛さんが元気で暮らしていればいいいんだからさ」

「そうですか？」

どこまで度量の広い徳兵衛なのだろうか。

お高は感心しながら答えた。

「ありがとうね。俺のことを心配して来てくれたんだ。うれしいよ」

徳兵衛は相好《そうごう》をくずす。

「じゃあ、ふたりで羊羹でも食べようか。この店のは結構いけるよ」

お高はお茶と羊羹をごちそうになって帰って来た。

翌日は夜も店を開けた。

昼も食べに来たというのに、惣衛門、徳兵衛、お蔦の三人は店を開けるとすぐまたやって来た。

「今夜のお菜《さい》はなんですかね？」

惣衛門がたずねる。

「えびときのこの天ぷらにごま豆腐、浅漬けがいろいろでご飯とお汁に、甘味はみたらしのたれをかけたお団子です」

お高が言うと、お蔦が顔をほころばせた。

「ごま豆腐といったら京料理ですね」

「ごまをすったんですか？　こんな手間のかかったものをねぇ」

惣衛門は目を見張る。

白ごまをすって昆布だしでのばしてから吉野葛に加え混ぜて固めた。たれは尾張《おわり》の豆みそに醬油《しょうゆ》や砂糖、みりんを加えて甘辛く仕上げている。

ころもを薄くしてからりと揚げたえびときのこは、届いたばかりのすす竹のざるに入れた。端が黄色くなった柿《かき》の葉を添えて、膳の上は早くも秋満開だ。

「お高ちゃん、ごま豆腐は九蔵さん仕込みですかね」

惣衛門がたずねた。

「はい。父から習った通りの味です」

お高は答えた。

「じゃあ、英の料理ってことだろ？」

お蔦が意味ありげにたずねる。

「ええ、まぁ」

「なるほどねぇ」

三人は「そうかい、そうかい」というふうに顔を見合わせた。

英は五十年ほど前、上方《かみがた》から江戸に下ってきた初代がはじめた店である。

以来、京料理を売り物にしていたが、先代、つまり作太郎の父親が「これからは江戸だ」と、江戸風料理に舵《かじ》をきった。

わずかに残った京風料理のひとつが、このごま豆腐である。

昆布だしを使うところは京風だが、たれは尾張の豆みそで江戸好みの甘辛味だ。京と尾張がうまい具合に混じり合い、江戸っ子を喜ばせる味に仕上がっている。

「それで、ほら、例の茶碗《ちゃわん》の殿は来るんだろ？」

徳兵衛がずばりとたずねる。

「いえ、それは……。このごろ、店には顔を出されないんですよ」

お高の答えは歯切れが悪い。

「殿のお渡りがないのかぁ」

惣衛門がつぶやく。

「でも双鷗画塾《そうおうがじゅく》の方には何度か顔を出しているんだろ？」

徳兵衛が聞く。

「いえ、とくには」

「わかった。このごま豆腐を持って双鷗画塾をたずねるつもりなんだ」

「え、いえ、まさか。だって、ご迷惑じゃないですか」

「なにがだよ」

お蔦が声をあげた。

「だって、あちらもお忙しくしているし」

お高が言うと、三人は顔を見合わせた。

「だからね、お高ちゃんは何にも気づいていないんだよ」

「あの壺を見ても、何にも思わないんですよ」

「言っただろ。遠まわしはだめだって」

小さな声でごそごそと話し合っている。

「壺って、なんですか？　あの狐の壺のことですか？」

少し腹を立てたお高は強い調子でたずねた。

「あんたねぇ。このごま豆腐を持って双鷗画塾に行きなさい」

いきなりお蔦が言った。

「そうですよ。今すぐ」

「店がありますから」

「店なんて、お栄とお近に任せておけばいいんだよ。どうせ、いつもの連中ばかりなんだ」

いつもの連中とは誰のことだ。自分たちではないか。
勝手なことばかり言う。
ちょうど新しいお客が入って来たので、お高は三人をおいて厨房に戻った。
それきり、三人のそばには寄らなかった。

店が終わってお栄とお近が帰って、お高は厨房にひとりになった。
目の前の棚には例の壺がある。
『恋しくばたずね来て見よ和泉なる信太の森のうらみ葛の葉』
正体がばれた狐が去るときに残した歌だ。
あの男のことはすっぱりとあきらめなさい。そう諭《さと》しているのだと思っていた。
だが、先ほどの三人の様子では少し違うようだ。
たずね来てみよ。
この言葉のほうに意味があるのだろうか。
気になったので、お高は徳兵衛の家をたずねた。
裏口から声をかけると、お清が出て来た。
「すみません。夜、遅くに。ちょっと確かめたいことがあって」
「徳兵衛を呼びましょうか？」

「いえ。おかみさんにうかがいたいんです。十五年くらい前まで提灯屋をなさっていた小田原屋の角兵衛さんのことなんですが」

「角兵衛さんは知らないけれど、藤兵衛《とうべえ》さんという方ならよく知っていますよ。壺を買ってお金を用立てたことがありました。その方は今、箕輪《みのわ》の方でお店を出しています」

「えっ、ああ、はい」

「今は立派に息子さんがお店を仕切っています。律儀な方でね、壺のお代も分割にしてきちんと毎月返していただいています。ああ、そうそうそのときの壺はね、家にあるんです。納戸《なんど》においていたのだけれど……。おかしいわねぇ。この前見たら、見当たらないんですよ」

お清はくすりと笑った。

「うちの人が、また妙なお願いをしましたか？」

「いえ、そうじゃなくて。私のことを心配してくださったみたいなんです」

それを聞くと、お清は目を細めてさらに愉快そうな顔をした。

「うちの人と惣衛門さんとお蔦さんはね、あなたのことが好きで、気になって仕方がないんですよ。幸せになってほしいって、しょっちゅう言っていますよ」

お高は思わず頬をそめた。

お清に礼を言って丸九に戻った。

道々、おかしくて笑えてきた。

声をあげて笑ったら涙がこぼれた。

『恋しくばたずね来て見よ和泉なる信太の森のうらみ葛の葉』

作太郎を訪ねなさいというなぞかけだ。

そのために、わざわざあの壺を抱えて来たのか。

妙な作り話をして。

お高だって作太郎に会いたい。顔が見たい。

けれど何を話したらいいのだろう。

おりょうという人がいることが分かってしまった今は、以前のようにふわふわとした甘い気持ちにはなれない。

この前のように、ふたりで寄席《よせ》に行くこともできないだろう。

これからは店に行けないと言われるかもしれない。

暗いことばかりが思い浮かぶ。

だからといって、ずるずると時を延ばしてはいけない。

明日、双鷗画塾に作太郎をたずねようと思った。

三

ごま豆腐を持って双鷗画塾をたずねたのは、夕方に近い時刻だった。

厨房をのぞくと、お豊と目が合った。

「こんにちは。双鷗先生はいらっしゃいますか？」

「はい。今日も朝からお仕事で二階のお部屋に」

お豊が答えた。

「作太郎さんは……」

「お出かけですけれど、戻ってくるはずですよ」

そんな話をしていたら、秋作が顔を出した。

「ああ、お高さん、いいところに来てくれた。困っていたんです。夕飯のおかずにするつもりのこんにゃくを焦《こ》がしてしまったんです」

大きな鍋《なべ》を持って中を見せた。底に黒く焦げたこんにゃくが張りついている。

「食事当番というのができたんですよ。交代でつくるはずなんですけど、先輩たちは私に押し付けてどこかに行ってしまいました。どうしましょう」

「どうしましょうと言われても……。焦げ臭かったでしょう？　どうして、こんなになるまで気がつかなかったの？」

思わずとがめる口調になった。

「試験が近いんです。それで先輩から借りた画帖《がちょう》を見ていたらつい夢中になって……。水で洗って醤油で煮たら、なんとかなりますか？」

「ええっと……」

困って目を上げるとお豊と目が合った。小さくうなずいている。

――腹をすかせた塾生が食べるんだ。少々焦げ臭くてもいいんじゃないかい。

そんな顔をしている。

「じゃあ、水で洗って良さそうなところを細かく刻んで、にんじんかお芋といっしょに煮てみたらどうかしら。お醤油よりみそのほうがいいかもしれないわ」

「わかりました。やってみます」

秋作は安心した顔になり、鍋底の焦げたこんにゃくをこそげはじめた。

「あのぉ、もしかして双鷗先生におかずを持ってきてくださったんでしょうか？」

その手を止めて、秋作がたずねた。

「ええ。ごま豆腐とひじきの煮物を少し」

足元にすり寄る猫のような目をして秋作が言った。

「先生はさよりの干物を焼いたのと焼きなす、あとは汁があればいいとおっしゃっています。私が焼くより、お高さんのほうが絶対うまくいくと思うんですけど、お願いできませんか？」

秋作はまず、このこんにゃくをなんとかしなくてはならない。

「そうね。じゃあ、七輪《しちりん》をお借りします」

汁の実は何がいいだろうか。

考えていると、お豊が豆腐とねぎを手渡してくれた。

「いつもはほかのみんなと同じ汁なんですけどね。あたしがつくるとしょっぱいって言われるんですよ」

お豊がご飯を炊く脇で、お高は汁をつくり、なすを焼いて、干物を焼く。

その間に、秋作のこんにゃくの煮物の手助けをする。

なかなかに忙しい。

こんにゃくを水で洗い、一度ゆでこぼしたら、焦げ臭さがだいぶ抜けた。にんじんを加え、ねぎをたっぷり入れてみそ味にしたら、まあまあ食べられる味になりそうだ。秋作はようやくほっとした顔になった。

「試験はいつなの？」

お高はたずねた。

「明後日ですよ。三年目なので、なんとしても昇段したいんです。師範《しはん》はまだその先ですから」

「だけど、料理のほうが忙しくてなかなか勉強に身がはいらないんだよね」

お豊が口をはさんだ。

「少しでも温情をかけてもらえるよう厨房の仕事を買って出たのに、料理に失敗して叱《しか》られていたら本末転倒もいいところですよ」

秋作はため息をついた。

「試験というのは絵を描くの？」

「そうです。決められた時間に課題を見て、まったく同じように描くんです」

「お手本を見て描くの？」

それならさほど難しくないかもしれない。そういう顔をしたに違いない。

「手本があるから上手に描けるってものじゃないんですよ。並べて見たら、失敗したところがすぐわかる。目立つんですよ。一度描いた線は消えませんから、最初から最後まで気が抜けない。緊張で線が震えます」

秋作は強弁《きょうべん》した。

「どの絵が試験に出されるかはその日にならないと分からないけれど、以前の試験で先輩たちが描いたものがあるんです。さっきは、それを見ていてつい夢中になって鍋を焦がした」

秋作は棚においた画集を持ってきて、開いて見せた。

「まぁ、上手ねぇ」

お高は思わず目をこらした。

深山を描いた墨絵だった。

紙面の半分ほどが深い霧におおわれている。切り立った岩山はごつごつとした岩肌を見せ、谷川が勢いよく流れ、岩山に根をはった灌木《かんぼく》が枝をのばし、若葉をつけている。

絵のことはよく分からないが、深山の冷たい澄んだ大気や、流れる清水《しみず》の音、みずみずしい若葉の緑が見えるような気がした。

「さすがに双鷗画塾ね。私だったらこれで十分。このまま掛け軸に仕立てて飾りたいわ」

「これは作太郎さんが描いたんですよ」

「――そう」

作太郎の名前が出て、お高は言葉につまった。

「ここに来て二年目に描いたものだそうですよ。先生方も驚いた。双鷗先生はとても期待していたそうです」

「今は、絵を描いていないんでしょう？」

「そうですよ。もう絵筆は取らないって双鷗先生に告げたんです。ああ、その筆の力を少し私に分けてもらいたい」

秋作は嘆いた。

「ほら、おしゃべりしていると、また焦がすよ」

お豊に言われて、秋作はあわてて鍋をかき回した。

お高はもう一度、作太郎が描いた絵をながめた。

迷いのないきれいな線だった。濃いところは濃く、淡いところは淡く。気負いも緊張もなく、のびのびと自在に描いているように感じた。

絵からも、英からも逃げたと、姉の猪根《いね》は言った。

いったい、何があったのだろう。

浄光寺の涅槃図《ねはんず》が浮かんだ。

あの掛け軸を描いたという男とかかわりがあることなのだろうか。

七輪の上のさよりの皮が焦げる音がして、現実に引き戻された。

秋作が双鷗に、お高が来たと伝えてくれたので、双鷗は仕事を片づけて待ってくれている。膳が整うとお高は双鷗の部屋に向かった。

「お食事をお持ちしました」

声をかけると、返事があって襖《ふすま》が開いた。

双鷗の脇にもへじがいた。

今まで絵を描いていたのだろうか、部屋の隅に巻紙や色紙、画材が集められ、畳の上にはいくつもの書物の山が出来ている。

「ひとまずこちらはお休みにして、温かいうちにお食事にしましょう」

もへじが言うと、双鷗はうなずいた。

「いや、お高さんに来ていただいて申し訳ない。まったくありがたい。考えてみたら、今朝、起きぬけに茶漬けを食べたきりだった。最近はあまり腹がすかないうえに、食べると胸のあたりが重くなってね」

そんなことを言いながらも膳の前に座ると、うれしそうな顔をした。

「いい匂いですね。だんだんお腹《なか》がすいてきたような気がします。だけど、ひとりで全部は食べられない、お前も半分食べなさい」

「いやいや、先生。これぐらいは食べてくださいよ」

もへじは首を横にふった。

さよりの干物と焼きなすとみそ汁にご飯と漬物。それにお高が持ってきたごま豆腐とひじきの煮物である。膳の上はにぎやかに見えるが量は多くない。昼を抜いたなら、これぐらいの量は食べてもらいたい。

「もへじさんの分もすぐ用意いたしますから、先生はゆっくり食べていてください」

お高は腰をあげた。

膳を持って行くと、双鷗は食事を進めていた。

「いや、このごま豆腐には驚きました。昔、英で食べた味と同じだったんですよ。前々から丸九はほかの店とは違うと思ってはいたんですけれど。いま、もへじからあなたの父上は英の板長だった人だと教えられてびっくりしました。英にはいつごろまでいらしたんですか？」

双鷗がたずねた。

「父は十歳で英に奉公に入って三十五で板長になりました。英を辞めて丸九を開いたのが十五年前です」

もへじの前に膳をおきながら、お高は答えた。

「そうですか。それなら、私も父上の料理を食べていたことになる。二十年ぐらい前は月に何度もあの店に通った。やれ月見の会だ、連歌だ、踊りだと誘われてね、ずいぶんいろいろな方と知り合いになりましたよ」

双鷗は遠くを見る目になった。

代が替わって英が京料理から江戸風の料理に舵をきったのがちょうどそのころだ。

それまでは知る人ぞ知る名店。格式が高く、古くからのおなじみさんだけを相手にしていた英を、旬《しゅん》の人が集まる、話題の店に仕立てた。

江戸っ子の先物好きに応じて、どこよりも早くかつおやみかんを膳にのせた。煮物ひと皿に目の玉が飛び出るような値をつけて人々を驚かせた。

高価な器《うつわ》を惜しげもなく使い、調度品にも金をかけた。

さらに人気の絵師や俳諧師《はいかいし》、役者などを呼んで、さまざまな会を毎日のように開いた。

そうやって新しい話題をつねに提供したのだ。

英に行けば有名な人気者に会える。

江戸で一番華やかで楽しい、面白い店。

そんな評判を打ち立てて英は人気店にのしあがったのだ。

「私は絵のことしか知らなかったから、そういう人たちの話を聞くのが楽しみでした。ずいぶん勉強させてもらいましたよ」

「作太郎にも会っていたんですよね」

早くも一膳を平らげて、ご飯のお代わりにとりかかっているもへじが言った。

「そうそう。英のご主人がね、息子が絵ばかり描いているが、どんなものだろうかと連れて来た。十歳ぐらいだったかなぁ。描いた絵を見せてもらったら、あんまり上手なんで驚いた。この調子で、なんでもいいから毎日描きなさい。十六になってもまだ絵を描くのが楽しかったら、双鷗画塾に来なさいと言った」

「そしたら、本当に来た」

もへじは楽しそうに笑った。

双鴎は困った顔になった。

「作太郎は英の四代目を背負う跡取り息子でしょう？　親御さんは跡を継いでくれることを期待しているはずだ。だから、お父上にたずねたんですよ。本当にいいんですかって。そうしたら言われた。うちは代々料理屋だ。親戚縁者を見回しても絵描きはいない。精鋭の集まる双鴎画塾に入って己《おのれ》の力を思い知れば戻って来るだろうって」

「ところが作太郎は頭角を現した。作太郎の親父さんは大きな見込み違いをしたわけだ」

もへじの膳のさよりはとっくに骨だけになっている。旺盛《おうせい》な食欲につられてか、双鴎も箸《はし》を進めている。

「そのまま天分《てんぶん》を伸ばしてくれたのなら、私も亡くなった父上に会わせる顔があるんですけれどね」

双鴎は淋しげな顔になった。

もへじは箸を置くと、急にまじめな顔になった。

「そのことを先生が思い悩む必要はありませんよ。先生とはかかわりがない。まったく作太郎ひとりの問題なんですから」

きっぱりと言う。

双鴎はそれには答えず、違い棚の器に目をやった。

白い盃《さかずき》があった。

あれは作太郎の焼いた器だろうか。

階下から塾生たちの笑い声が響いてきた。

元気のいい若者の声だった。何の悩みもないかのような底抜けに明るい笑いだった。

三人はその声に耳を傾けた。

「噂をすれば影と言いますが、今日はまだあの男は戻って来ないようですね」

双鷗はつぶやいた。

食事が終わってお高は膳を下げた。もへじがおひつや急須、湯飲みを抱えて後に続く。

「申し訳ありません」

お高が言った。

「なんの、なんの。おかげで久しぶりにおいしい飯にありつけました」

もへじは軽く頭を下げた。

階段を降りると、台所に続く廊下になる。

部屋の中から塾生の声が響いてくる。

「双鷗画塾は絵の道をめざす者にとっては天国のようなところです。いい仲間と先生がいる。毎日が刺激的で、学ぶことがたくさんある。だけど、これ以上ない残酷な場所でもある。誰もが自分という壁にぶつかる。お前は誰だと問われるんです」

お高の背後でもへじはそう言った。

「私のように画才に恵まれないのに間違って入ってしまった者も苦しいけれど、大きな天分に恵まれている者はもっと辛《つら》い。深い山に足を踏み入れるようなものですから」

「それで作太郎さんは絵から逃げたとおっしゃりたいんですか?」

振り返らずにお高はたずねた。思わず知らず、声が冷たくなっていた。

「誰がそんなことを言いました?」

もへじが驚いたような声をあげた。

「作太郎さんのお姉さんの猪根さんです。浄光寺でもへじさんと会った日、お会いしました。許嫁《いいなずけ》のおりょうさんとご一緒でした」

許嫁のおりょうさん。

あえて名前を言った。

背後でもへじが息を飲んだのが分かった。

おりょうという許嫁がいること、知っているぞ。

そう伝えたかった。

「猪根さんがそう言ったんですね。作太郎が逃げていると」

もへじがたずねる。

「はい」

お高は短く答えた。

――英からも、一番大事な友達からも、とうとう絵からも逃げ出した。

猪根の投げつけた言葉がお高の心に刺さる。

「森三《もりぞう》という男がいました。西国《さいごく》の医者の家の三男坊で、幼いころから絵が得意で。子供のように無垢《むく》な気持ちを持った男でした。作太郎と森三と私はいつもいっしょでした」

もへじが言葉を切った。

お高は続きを聞くのが怖くなった。だが、もへじは言葉を継いだ。

「森三はある日、命を絶ちました。浄光寺に葬られています。あの日は森三の命日です。最後に描いた絵があの涅槃図です」

台所はもう目の前だ。

それが限りなく遠く思えた。

それきり、もへじは黙った。

台所に行き、お高がお豊といっしょに器を洗う間、もへじはずっとそばにいてその様子をながめていた。

「これで、失礼をいたします」

お高が挨拶《あいさつ》をすると、もへじは言った。

「あの男は逃げているわけじゃありませんよ。今は少し寄り道をしているんです。いつか必ず絵に戻ってきます。そうしたら、今度こそ誰も見たことのない景色を求めて、自分だけの道を探すと思います」

英には戻らないということか。

いや、作太郎にもう一度絵を描いてほしいというのは、ともに学んだ友人であるもへじの願いではないのか。

お高は軽く会釈《えしやく》をして外に出た。

空は青さを残して明るかった。

結局作太郎には会えなかった。

秋作が追って来てお高を呼びとめ、告げた。

「先ほど作太郎さんが戻って来たので、お高さんが来たことを伝えました。けれど、今日はまだ人と約束しているからとあわただしく出て行きました。また、旅に出るんです」

「どこへですか？」

お高は思わず振り返った。

「美濃《みの》の方です。前からの約束だそうです」

秋作は答えた。

翌日は朝から晴天だった。丸九はいつものように市場で働く男たちで朝から大にぎわいだ。

献立はかさごの煮つけにかぶの葉とじゃこの炒《いた》め物、漬物に汁は青菜。甘味は寒天《かんてん》と杏《あんず》の甘煮《あまに》にした。

かさごは見かけは赤いが身は白い。ほどよい大きさだからひとり一尾。皮や骨からうまいだしが出るから、酒をたっぷりと使ってそのうまみを引き出す。醬油と砂糖の甘辛い汁をからめるように、強火でさっと煮あげるのだ。

しめの甘味は四角く切った寒天に甘酸っぱい杏の甘煮をのせたもの。口がさっぱりすると、男たちにも好評である。

「今日は葛《くず》は使わないんですね」

お栄が言った。

「うちは一膳めし屋だから、毎回吉野葛を使うってわけにはいかないの。江戸前ですから」

お高はぴしゃりと言う。

「はぁはぁ、それは、それは」

お栄はお近と顔を見合わせた。

手のかかるごま豆腐をつくったのは、気持ちのどこかに英のことがあったからだろう。

おりょうに対抗したかったのかもしれない。

考えてみれば、英は江戸でも指折りの料理屋。

こちらは市場で働く男たちがやって来る一膳めし屋。

対抗もなにも、最初から土俵が違う。

絹の着物を着てお客に対するのがおりょうなら、お高は木綿の着物で厨房で汗を流しているのだ。

若く整ったおりょうの顔が浮かんだ。

まったく自分は何をのぼせていたんだろう。身のほど知らずにもほどがある。

昨日、作太郎は双鷗の座敷に顔を出さなかった。お高が来ていることを聞いたのに。

会うつもりがなかった。

つまり、それが作太郎の答えなのだ。

かえって気持ちがすっきりした。

――大丈夫。また、気が向いたら丸九に寄ってください。店のおかみとお得意様としてお付き合いさせていただきますから。

もしも、万が一作太郎が顔を見せたら、そう言ってやろうと思う。

のれんを上げると、朝一番の仕事を終えた男たちが次々と腹をすかせてやって来た。

「いいねぇ。かさごかぁ」

うれしそうな声をあげる。

一杯目の飯はかさごの身をおかずに。二杯目は残った汁とかぶの葉で。三杯目は大盛りにしてみそ汁をかけて。三杯飯を平らげて、最後の甘味でほっと息をつく。

これからまだ、もうひと仕事、ふた仕事残っている。

その力を出す朝飯だ。

それがお高の仕事だ。

昼近くなって惣衛門と徳兵衛、お蔦がやって来た。いつもの奥の席に座る。

お近が献立を説明すると三人は相好《そうごう》をくずした。

「いいですねぇ。かさごは大好きですよ」

惣衛門がうなずく。

「かぶの葉がしゃきしゃきしているんだろ。いいねぇ」

徳兵衛も目を輝かせた。

「甘酸っぱい汁がかかっているんだろ。そりゃあ楽しみだねぇ」

お蔦が口元をゆるめる。

しゃべりながらゆっくりと食べて、ほかのお客がほとんどいなくなってもまだ三人は座っていた。

手が空いたお高が厨房から顔を見せると、徳兵衛がちょいちょいと手招きした。

お高がそばに行くと、徳兵衛が申し訳なさそうな顔をした。

「壺のこと、かみさんに聞いたんだろ。ごめんな。だますつもりじゃなかったんだよ」

「いいんですよ。分かっていますから。気にしてません」

「ほら、お高ちゃんはさ、大事なところで押しが足りないから」

物衛門が言った。

「意地っ張りっていうかね、やっぱり女の人は素直でないと」

徳兵衛が言う。

「ここぞっていうときには、泣き顔を見せるぐらいの芝居をしなくちゃ」

お蔦も言う。

素直になれとか、芝居をしろとか、どっちなのだ。

「腕なんかつかんで離さない。男はそういうのに案外弱いからさ」

徳兵衛と惣衛門が声をそろえた。

「それであの壺だったんですね」

「それで、会えたんだろ？」

徳兵衛がたずねる。

――どうなんだよ。

惣衛門とお蔦の視線が痛いほどだ。

「双鷗先生にはお会いしましたけれど……」

――そっちじゃなくてさぁ。

三人の心の声が聞こえる。

「一度戻って来たそうなんですけど、座敷には顔を出さなかったんです。私が来ているのは知っていたのにね。そういうことです」

「はぁ」

自分のことのように徳兵衛は大きなため息をつく。なんだかおかしくなって、お高は笑った。

そのとき、のれんの向こうに人影が見えた。

お高ははっとした。

作太郎。

一瞬、思った。

だが、入って来たのは剛太だった。

「すみません。お近ちゃんはいますか?」

言葉が終わらないうちにお近が厨房から飛び出してきた。

「お近ちゃん、ちょっといいか」

剛太が言う。

お近がうなずく。

ふたりで外に出て行った。

その様子を目で追った三人は急に無口になった。

やがて、惣衛門がぽつりとつぶやいた。

「何を話しているんでしょうねぇ」

「そりゃぁ、いろいろあるさ」

徳兵衛が言う。

「いいねぇ。若いっていうことはさ、まっすぐで」

お蔦が湯飲みを手にする。

しばらくして、お近がひとりで戻って来た。

「さあ、仕事しなくちゃ」

元気よく言った。

「そうしておくれ。忙しいんだからさ」

お栄が答える。

「ほんと、しょうがないよねぇ。男っていうのは、いつまでも子供でさ。まあ、なぐったのはあたしが悪いけど、剛太だってしょうがないんだよ。だから、こんどのことは五分と五分、お互い水に流そうってことで手打ちにした。けんか別れは嫌だからね」

お近が大人びた調子で言う声がお高の耳に届いた。

店の片づけが終わって、三人で休んでいるとき、表で訪《おとな》う声がした。聞き覚えがある声だ。

お栄が顔を上げる。

お近が息を飲む。

お高の鼓動が速くなった。

そっと戸を開けると、作太郎がいた。

「妙な時間にすみません。まだ、みなさんいらっしゃるかなと思って」

「いえ、今、私たちは帰るところですよ。作太郎さんはゆっくりなさってくださいね。お湯も沸いてますから、お茶はいれられますよ」

お栄があわてて腰をあげた。お近も帰り支度をはじめる。

「じゃあ、すみません。また、明日」

お栄とお近はあわただしく出て行った。

「昨日、画塾の方にいらしたと聞きました。ごま豆腐がおいしかったと双鷗先生が喜んでいました。私はどうしても、外せない用があってうかがえませんでした」

作太郎が言った。

「あ、いえ」

お高はどうしたらいいのか分からなくなり、あわててお茶をいれた。

──大丈夫。また、気が向いたら丸九に寄ってください。店のおかみとお得意様として
お付き合いさせていただきますから。

言おうと思っていた言葉は頭の中から消えていた。

──ここぞっていうときには、泣き顔を見せるぐらいの芝居をしなくちゃ。

お蔦の言うようなまねができるくらいなら、三十路《みそじ》近くになるまで独りではいない。

「また、お出かけなんですね」

「以前から約束していたところがありまして」

それで話が終わってしまった。

ふたりで黙ってお茶を飲んでいた。

「先日はみっともないところをお見せしました」

作太郎が言った。

「いえ。あの……。英の方だったんですね」

「隠していたつもりはないんです。この店にうかがって料理を食べて、なんともいえない
懐かしい気持ちがしました。自分でも不思議でした。後で聞いて、先代が英にいらした方

だと知りました。英のことは父が亡くなる前に時間をかけて話をして、私の中ではもう縁が切れたつもりでいました。おりょうもずっと身内としていっしょに育ちましたから、私の気持ちの中では妹なんです」

いつもの作太郎の快活さが消えていた。言葉はどれも言い訳めいて聞こえた。

「家族の縁って切れるもんなんでしょうか」

思わず口に出た。

作太郎は驚いた顔をした。

「切れないから家族なのではないですか？　作太郎さんは以前、江戸を離れると江戸が恋しくなるとおっしゃいました。それは英があるからですよ。英はおじい様やお父様が育て、守ってきた場所だから、ずっと離れていても、作太郎さんにとって大切な、たったひとつの帰る場所なんです」

「……お高さんにとって、丸九はそういう場所なんですね。だから、あなたは丸九を継いだ。守っている」

作太郎が静かな調子で答えた。

お高ははっとした。

「すみません。言いすぎました。何も分からないのに」

「いいんです」

作太郎は淋しそうに笑った。

「あの涅槃図《ねはんず》。あの絵は私の一番の友が描いたものです。そして命を絶ちました。あの男の絶筆です。友が死んで、私も空っぽになった。絵を描けなくなったんです。絵が描けないなら英に戻ればいい。姉はそう言います。それもできない。私はどうしていいのか分からずに時を無駄にしている。おりょうは私の代わりに英を守って年を重ねた」

どこか遠くの空で鳥の鳴く声がした。

「もう行きます。ありがとう。お茶がおいしかった。お高さんの料理には温《ぬく》もりがある。それは英にはないものだ」

作太郎は立ち上がると、そのまま出て行こうとした。

このまま行かせてはいけない。

そうしたら、作太郎は二度とここには戻って来ない。

だが、何と言えばいいのだろう。

お高は思わず作太郎の袖をつかんだ。

「戻って来てください。ここへ。私のところへ。待っております。丸九が作太郎さんの懐かしい場所になりますように。そうあってほしいと私も願っています」

作太郎は驚いた顔になった。

「ありがとうございます。……戻ります」

小さく頭を下げると出て行った。

お高は店の前に立ち、作太郎の後ろ姿がだんだん小さくなって、ついに角を曲がって消えるまで見つめていた。

指にはざらりとした作太郎の袖の感触がいつまでも残っている。

秋の光は透き通って、空はどこまでも青かった。

ふっくらおいしいかれいの煮つけ

あっさりした味つけのレシピです。
野菜の煮物と違って、煮魚は最初からしょうゆを加えた煮汁で煮ます。

【材　料】（2人分）

かれい（切り身）……2切れ
しょうが（せん切り）……適量
わけぎ……3本
（煮汁）酒、水……各60㎖
　しょうゆ、砂糖、みりん……各大さじ1

お高の料理指南

【作り方】

1 かれいはねかせた包丁の先のほうで、皮のぬめりやうろこを取る。とくにえらの部分はていねいに。うろこや血が残っていたら、さっと洗ってさらし布かペーパータオルで水をふく。

皮に十字に切り目を入れる。

ざるにのせて熱湯を回しかけ、すぐに冷水にとって、さらし布かペーパータオルで水をふく。わけぎは食べやすく切る。

2 鍋に煮汁としょうがを入れて十分沸騰したら、かれいとわけぎを入れる。

3 2の鍋に木製の落としぶた、またはオーブン用ペーパーを置き、弱めの中火で7〜8分煮て火を止める。粗熱がとれたら器に盛る。

＊かれいのぬめりには独特の臭みがあるのでよく取り除きます。

暑さ負けのときになすごはん

食欲がないときでも、さっぱり食べられます。

【材料】（2人分）

ごはん（温かいもの）……300g

なすのぬか漬け……1本

桜えび……大さじ2

みょうが……1個

青じそ……2枚

塩……少々

【作り方】

1 なすは薄い小口切りにする。塩気が強いようなら水につけて絞る。桜えびは2〜3等分に刻む。

2 みょうがは薄い小口切り、青じそはせん切りにする。

3 温かいごはんに塩をふり、1、2を加えて混ぜる。

＊生のなすでもおいしくできます。その場合、薄い小口切りにしたなす1本分に塩少々をふってしんなりしたら水気を絞り、しょうゆ小さじ2分の1をふって、みょうが、青じそ、刻んだ桜えびとともにごはんにまぜれば出来上がり。

みたらしだれでいただくもちもちゆで団子

少ない材料で、簡単に作れます。

【材　料】（3～4人分）

上新粉……100g
白玉粉……100g
水……70mlほど
（みたらしだれ）砂糖、しょうゆ、みりん……各大さじ2
水……大さじ4
（水溶き片栗粉）片栗粉……大さじ1
水……大さじ1

【作り方】

1　上新粉と白玉粉を混ぜ合わせ、水を少しずつ加えて練る。丸めて中央をへこませたとき、手にべたべたつかず、ひびが入らないくらいのやわらかさにする。

2　直径2センチほどの大きさに丸め、中央をへこませる。
熱湯でゆで、浮き上がってきたらざるに上げる。
3　小鍋にみたらしだれの材料を合わせ、混ぜながら弱火で煮立て、
片栗粉と水を混ぜ合わせて加え、とろみをつける。
4　だんごを器に盛りつけ、みたらしだれをかける。

＊みたらしだれは水溶き片栗粉を入れたら、すばやく混ぜましょう。
冷めるととろみが強くなるので、ゆるいくらいに作るのがちょうどいいです。

本書は、ハルキ文庫のために書き下ろされた作品です。

時代小説文庫
な19-3

杏《あんず》の甘《あま》煮《に》 一膳《いちぜん》めし屋《や》丸九《まるきゅう》㊂

著者 中島久枝《なかしまひさえ》

2020年5月18日第一刷発行

発行者 角川春樹

発行所 株式会社 角川春樹事務所
〒102-0074 東京都千代田区九段南2-1-30 イタリア文化会館

電話 03(3263)5247[編集] 03(3263)5881[営業]

印刷・製本 中央精版印刷株式会社

フォーマット・デザイン＆シンボルマーク 芦澤泰偉

ISBN978-4-7584-4340-1 C0193

http://www.kadokawaharuki.co.jp/[営業]
fanmail@kadokawaharuki.co.jp[編集] ご意見・ご感想をお寄せください。